文訊叢刊⑰
年輕出擊

深情與孤意

——蔡秀女、朱天心、陳燁、梁寒衣
葉姿麟、詹美涓

文訊雜誌社　編

序

⊙李瑞騰

從第廿五期（七十五年八月）開始，「文訊」即設有「年輕出擊」專欄，選擇表現傑出的文藝工作者加以報導。所謂「表現傑出」指的是致力於文藝工作，而近期曾發表值得注意的作品，或是在某文藝競賽中獲獎者。我們實際的作法是請對這一位文藝工作者有所認識的朋友，針對人與作品加以敍述並分析。

到六十三期（八十年一月）爲止，這個專欄一共介紹了四十九位，其中大部分是屬文學類，當然這和我們平常關切的範疇有關。我們曾力求突破，希望在音樂、美術等藝術範疇尋找對象，但由於資訊管道有限，成效始終不佳。

在所介紹的年輕作家，依文類分佈，詩人八位，散文家五位，小說家廿八位。小說一枝獨秀，備受寵愛，這本來就是整個廿世紀的一般情況，原不足驚奇，但女性作家在量上的優勢（在廿八位小說作者中女性十七位），實值得我們深思。

下面幾個統計數字應有參考價值：

一、全唐詩收了兩千兩百多位詩人的作品，女性詩人不足兩百位，知名的只魚玄機等少數幾人而已。

二、宋代的女詞人，名姓約略可知的約一百三十人，生平事蹟可得而說的，只不過李清照、朱淑貞等數人而已。

三、民國三十八年以前的大陸文壇，以寫詩人來說，港大、中大合編的「現代中國詩選」（一九一七—一九四九）計收一〇九家，確定是女詩人的只有冰心等三位。

四、光復前的台灣文學界，以遠景版的「光復前台灣文學全集」（十二册）來看，除了楊逵夫人葉陶女士、蔡德音夫人月珠女士偶有詩作以外，其餘皆男性作家。

五、民國七十三年中央圖書館等單位舉辦「當代女作家作品展」，從書目中可以發現，當代台灣及海外自由地區有單行本出版的女作家截至七十二年底有二九四人。文建會於同年出版的「中華民國作家作品目錄」計收作家六二三人，其中女性有一七九人，約佔了百分之三十弱。另外，隨手抽查略帶有批評意味的兩本「作家資料書」，一本是民國五十七年梅遜編的「作家羣像」，在所介紹的三十六位作家中，女性有十四位，約佔百分之四十；一本是民國七十四年隱地編的「作家與書的故事」，在三十五位作家中，女性十五位，約佔百分之四十三。（以上詳拙文「女性文學的多元化」）

六、希代版「新世代小說大系」中，民國四十五年以後出生的五十五位小說作家中，女性有三十二位，約佔百分之五十八。

女性作家在量上的擴增，尤其是新生代，到了八〇年代已足以與男性作家分庭抗禮，同時她們的作品在書籍市場上暢銷，無形中左右了大部分文學閱讀人口的品味，頗有導引文風的可能性；從另外一個角度來看，女性的社會參與日漸繁多，文學的題材和主題表現已經多元化，讓人不得不重視。

如果以十年爲一代，那麼民國四十五年以後出生的女性小說作家就是戰後出生的第二代，她們崛起於八〇年代，在各種文藝營及重要文學獎中獲得重視，成爲文學書籍市場上的主力，實在值得觀察。

從「年輕出擊」輯出的十七位女性作家，最年長的是蔡秀女（四十五年生），最年輕的是鄒敦玲（五十六年生），我們將她們區分成三輯：「陽光心事」、「人間有花香」、「深情與孤意」，並附錄一篇她們的作品，讀者應更能掌握她們的小說特質。

感謝分別爲她們撰寫報導文章的朋友，感謝所有被報導者同意我們附錄她們的大作；文訊編輯同仁不辭辛勞的工作，更是讓我感佩。

目錄

逢人蝦腰作揖，涎著臉求人……
難怪圓圓只跟歐陽大俠而不認他這親爹爹！

陳燁

那是窮，
窮使父親操勞早死，窮使他受盡屈辱，
使母親固執地病倒老唇猶詛咒他的不肖。

梁寒衣

它必須遵守歷史賦予的道德責任，
暴烈地搖動尾巴，發怒、噴火，誘拐良家婦女，
扮好邪惡的部分，以彰顯正義的力量。

葉姿麟

他們之間有兩條弦，
一條因著一種特質，共同的生命型式，
一條，因著絕美……

詹美涓

高亢的女聲迴繞整個密閉的房間，撼動我全身的毛孔，
而我躲進無聲的觀察裡，
看著眼光飛出窗外的少年犯……

民國四十六年生，台灣雲林人。文化大學藝術研究所碩士。現於法國巴黎進修。著有小說集「乾燥的七月」、「暗夜笛聲」等。

蔡秀女

◉曹淑娟

土地的兒女

蔡秀女

「寫作，是對自己不幸生而爲人的一種抗議。」他鬱鬱地說。

認識蔡秀女，是在應有風發意氣的年少歲月，一羣朋友因著理想的追尋和策勵而逢識。那時，秀女正是大二吧，第一篇小說「金桂的一生」發表於小說新潮第三期，「汨羅江上的冷月」等多篇新詩陸續發表於文風，一方面由於他顯現了超乎年齡的早熟，一方面更由於他文學中蒼鬱剛烈的的特質，頗得文壇先進們的注目與期勉。現實生活中的秀女，一樣早熟與鬱烈，他早已超越了一般同學關心的主題與內容，因而總是孤單地出沒於校園。雖然他後來回憶說：大二以後，接掌文風編輯，認識很多學長朋友，一起談文論學，生命才漸得舒展。其實，他始終都保留著孤獨的主權。與朋友相處，他有時笑語粲粲，也不吝惜溫馨素樸的情感，只是有時眉峯一蹙，眼神一鬱，一下便將自己推落回陰暗孤寂的心靈海域。

這樣的性情大概要歸因於嘉南平原的生活經驗吧。從懂得感覺與思索開始，便一筆一筆沉澱出秀女生命底層鬱烈的顏色。

秀女生長於雲林。白燦燦的陽光照在污灰的濁水溪上，也投向溪畔遼闊而沉默的褐土，有時，暴雨陣雷代替陽光統領這片大地。他跟著父母上田，看那田野上蔥嫩的秧苗，或是纍纍垂實的稻穗，有時則是金黃璀璨的油菜花，他曾歡喜讚歎著土地的生意蓬勃、寬廣無限。但漸漸地，他看到親族鄰居們勞動虬結的身軀，因大地而健壯，也因大地而衰亡；在參與農事中，清楚地察覺到沉重的汗水如何掙扎過緊繃的肌膚，凝聚著陽光和雨水的鹹味，刺刺地潑向腳下凹凸不平的泥土。他驚詫地發現：土地也是一口陷阱，沉沉的陰影可以埋葬人的一生。

對土地的矛盾情感，使他無法和其他同齡孩童一般安適地踩在厚實的土地上，他常常要陷入沉思之中，去剖析人世的作爲，去叩問人生的意義，縱使當年的思索未必成熟，卻是一顆沸鬱的心開始了「天問」。他孤獨地成長，學歷史的兄長書架上的羣書，成了他飢渴求食的資糧，國中老師也大量借給他翻譯小說，其中，存在主義的書籍帶給年輕的他莫大震撼。從此，他一方面走過長長的阡陌下田幫忙農事，一方面又浮游於困惑質疑的虛空。

一個人在田野中左突右轉走不出去。同樣的夢境反覆出現，成了潛伏的心靈困境，也揭示著他對人生的基本體認。

土地原是人們最厚實的皈依，然在秀女的觀察裡，土地也是扼殺生命力的陷阱，他只好將自己從故鄉的田野中放逐出來，去扮演一位漂泊者。對雲林的家鄉，他又愛又恨，有時回鄉留連整月，然後又逃了出來，終年不回家；對於心靈的家鄉，他也有著無法皈依的痛苦。

在寫實小說「金桂的一生」前後，秀女曾熱情地投入新詩創作，每一詩出，皆獲好評，他豐碩的幻想與感情原也宜於寫詩，但經過嚴肅的考慮後，他決定將主力集中在小說上，詩的張力雖大，但小說更能契應秀女縱橫捭闔的才力和野心。他陸續寫了數篇有關心理分析的作品，包括大四時的中篇「永恆的河流」，文中他勤勉地作爲人類心靈活動的搜秘採證者，但也自覺到完成的效果與他的企圖之間有段距離。或許是秀女自我的特性太過強盛，或許是那樣還帶著青澀的年紀吧，總之，他乾脆割裂一道傷口，將自己放逐到小說的田野之外。

其後三年，在山海之濱的鄉鎮，教育著一批批由陌生到親熟的孩童，感受眞實的人世生活，並思索未來的路向。由於同樣的不安，他選擇了文化藝術研究所再出發。二年級時，在最後一屆實驗劇展，和同學合作，編導了「交叉地帶」一戲，啓幕時，老兵爲獨子釘上棺木的槌聲曾引起頗爲熱烈的迴響。他從忙碌緊湊的舞台工作中退回時，內心也起一番震盪，自覺到若要當一名小說工作者，務須要勤奮地練筆，熟悉使用的媒材與探討的對象，再不是虛無、漂泊等可作藉口的了。問題只在要不要當，至此須有個決定。「既然活著，應該好好去做一件事情。」他告訴自己，於是整頓心情，重新開始，陸續發表了「稻穗落土」、「獵豹」、「乾燥的七月」等作品，其中「稻穗落土」入選「七十四年度短篇小說選」，並得「洪醒夫小說獎」，去年，時報文化公司爲他出版第一本小說集「乾燥的七月」。秀女在小說田野裡的步履越走越篤定了。

許多年輕或不年輕的女作家特別關心愛情與婚姻的主題，並傾力捕捉女子縹緲迷亂的情思以爲勝場，秀女雖爲女性作家，卻是這股潮流中的異數，他不刻意逃避愛情的題材，畢竟情愛與婚姻也是人世生活內容之一，但在他的關顧中，有許多更爲驚心動魄的事物吸引著他。因此，「稻穗落土」裡，太榮所背負的時代陰影，厚重地遮覆過他與晴枝清純之愛所能釋放的微光；「乾燥的七月」裡，祖父鷹兀的性格與政治家族的晦暗，斲傷了惠雯兄妹對親情的依戀；「金桂的一生」裡，金桂對抗命運的淒厲，早早扼殺了他心中曾有的一點溫柔；「獵豹」中，魯則森潛伏的統領欲望，可能是比花豹更具侵略力的獸性，文中竟自不帶一絲女性氣息。鄉野的成長經驗，使他時時環扣生命與死亡的基本問題：人世作爲的價值、生活中暴顯的人性、死亡對生宣示的意義等，而無心於處理都市小空間裡的個別事件。如此大的企圖，以及鬱烈的筆調，塑造了秀女小說的特殊風格，也督促他必須時時自我挑戰。有人指出他以短篇處理中篇的題材，有人批評他過於晦澀，缺乏朗麗的情節和吸引力，秀女會習慣地說：「寫作只是排解自我的方式，文學不能帶給人們什麼，最大意義在作者自身。」他不過於期待知音，但會在自覺中努力。

秀女的小說與其說有男性化的傾向，毋寧說是中性，他只是站在「人」的立場來採詢人世，不以女性爲可矜的身分——對他無所皈依的性格而言，女子的身分常令他感到更大的限定與痛苦。也因此，本文以第三人稱指稱秀女時，不採取特別標榜女性的「她」，而取具有普遍性的「他」。

目前，秀女獲得「春暉文藝獎助金」的資助，正在三峽埋首寫作，三峽的青翠山巒、梯田和羣飛的白鷺鷥，讓他感受到異於南方家園的自然機趣。但是，那裡仍是暫時歇腳處。他始終惦記著去國外走走，第一個目的地是法國，或許秋冬之際就成行了。在生而為人的限定中，出國是秀女選擇繼續成長的方式之一，就像人不能做一隻鳥，但可以爬上高聳的山峯，去開拓較遠的視界般。

——七十七年十月，文訊第三十六期

〈蔡秀女作品〉

羊

她五隻結棍的指頭在上面揉滑幾遍，
却終究沒有把它撕下來，
一輩子沒撕下來，
而他也一輩子都沒叫出她的名字。

救護車的兩盞車燈魑魑魅魅地滾著，在黏濃的霧中滾出兩道醬紅色的傷口來。天乍亮起，霧逐漸淡去，可以看見窄小的泥沙路裸入一大片花生田中，穿過墳場而來。救護車到達墳場，每一塊墓碑從凌亂的草堆中突立出來，彷彿在對著清晨冷冽的空氣大聲嘶叫著。救護車急急衝出那片無聲的聲海，沒幾步路，一座刺竹筒圍著的紅磚房就在一大片野孛齊、芒草和狗尾草中殺出一道人煙來。

豬屎旺蹲在羊欄裡，從磚洞射進來的薄光淺淺切過他臉龐，可以看淸他那張有如沾滿柴灰的米袋般的面皮垮垮塌著，兩隻不大的眼睛緊緊盯著地面，地面舖著乾草，乾草上頭一隻肥大的母羊倦臥著，三隻剛出生的小羊躺在母羊的腿肚間；其中一隻的四肢已僵直，另二隻則微微顫動著身子，顯然是出自於一種無意識的驚惶。

豬屎旺靜靜望著牠們，一動也不動地望著。母羊靜靜躺著，彷彿全身的力氣都已用盡地癱著。白光的光圈擴大，映照牠肚腹上乾皺如木麻黃子的奶頭個個泛出白點。豬屎旺抓出那個僵硬的軀體，剩下的兩隻騷動一下，發出細弱的叫聲，又回復那無知的驚惶狀態。整個磚砌的棚舍仍然很暗，有一股窒人的臊味四散開來。

母羊倏忽抽了一下右後腿，微仰起頭，兩粒黑眼珠絕望地瞪了牠主人一眼。豬屎旺仍然靜靜地蹲著，靜靜地望著地上。母羊陡地跪立起前腿，咩叫一聲。豬屎旺的身子撼震了一下。接著，母羊奮力站起來，長長咩叫出聲，叫出驚恐的哀音。豬屎旺霍然立起身，一轉過身，那兩癱濃痰似的車燈正直辣辣地朝他射來。

豬屎旺走到門口。救護車停下來，右邊車門開了，一個穿黑色警察制服的男子走出來，向前跨兩步。

「阿叔，阿兄我已經領回來了。」

黑色制服上的徽章燦亮了一下，他又向前跨一步，望著豬屎旺那張摻灰的臉孔。那上面的右眼依然垮著，左眼則睜成一隻蝌蚪形狀直直盯著車燈。

車燈熄了，左邊的車門打開，穿鼠灰色夾克的司機下來，三個人在凝止的空氣中站成三根荒涼的石柱。

母羊從黑暗中走出來，站在牠主人身旁咩了長長的一聲。豬屎旺磨汚的黃銅色夾克抖了一下，空氣又流動起來了。

「要把他放那裡？」

「豬舍。」

「什麼！」

「豬舍。」他仍直直望著熄暗的車燈，聲音從那看起來未曾開啓的唇縫溢出來。

兩個人拉開救護車後門，推出一具褐色棺材。

豬舍就在這間羊欄隔壁，同樣的規格，只是前端的牆只砌半人高，裡面佈滿塵埃，看出已好久沒飼養過任何畜牲。

他們用力推著手推車，車子撞上牆角，棺蓋斜滑出去，兩隻著黑色鞋的腳陡然竄出來，宛如屍體要走出棺材似的。他們嚇得同時後退好幾步，之後，齊望向外面，只見豬屎旺仍一動也不動地面對著車燈站著。

他們急急扶好棺蓋，把車子推到豬舍中央，然後使力把棺材抬到地上，然後兩個人都像逃難似地急急逃出去。

救護車的引擎重新發動，車燈閃了一下又熄滅。

「我爸爸交代要你趕緊把他發落了。」

黑色制服上方微露青紫的臉探出窗外喊著。救護車直往後退，直退出籬笆外才掉過頭急馳而去。

豬屎旺仍一動也不動地站著。他旁邊的母羊突然又咩叫起來，先是短短的、細碎的，繼而是凶猛地、一陣長似一陣地叫，像要把整片天空叫塌似的。

豬屎這兩個不潔的字打從林本旺一落地，就緊緊黏附在他身上，從此一生再也洗刷不掉。那天，他母親挺著七個月的他在清洗豬舍，一團軟滑的黑物像個隨意在生死簿上勾劃的魯莽判官，突然絆了她一跤。那個清洗豬舍三十幾年、生養過八個小孩的壯碩婦人仰天跌下，兩條腿戳刺開去，嬰兒蘇蘇地滑出來，一小團豬屎不偏不倚落在他兀自連著母體的肚臍上。

這個比貓大不了多少的嬰孩被宣判不能存活。家人把他裹在一條破棉絮裡，置放在豬舍邊那間置放犁頭、畚箕的雜物屋子裡。夜來臨後，人們腦袋裡似乎已完全抹去嬰孩的痕跡。其實，大家並非對他有特殊的惡意，只是在那個年頭一個嬰兒的夭折算不得是什麼驚天動地的大事，光是在他母親懷裡壞去的就有三個。

第二天早上，他七十二歲的老祖母代替他母親來餵豬。當老祖母的朝豬圈探去時，撲鼻而來的不是黑呼呼的臭氣，而是蕃薯田裡流溢的葉汁香。老祖母心頭一震，走到隔壁，看到幾隻黑山羊靜靜圍在那堆破棉絮邊，像拱著一堆祭品似的。老祖母抱起嬰孩，大步跨入廳堂，對全家人宣佈小孩取名「本旺」，並且為能順利養大，必須叫他「豬屎旺」。

豬屎旺長到八歲，還是搆不上豬欄的高度。他頸似鵝，眼睛像老鼠，腳丫子像牛，整天搖搖晃晃的。那年齡大家都入小學了，他父親卻說：「豬屎旺仔長得不像人，讀冊對他也沒有什麼用處，不如叫他去後山仔放羊。」他父親並不是一個德性特別有虧缺的人，他可以說是個好人，他說這話也沒有特殊的惡意。

於是豬屎旺便晃搖著腦袋，揮動著竹鞭，在墳場邊飼起黑山羊來。然而，他並非一開始就把竹鞭舞得咻咻響的。一天，他頂著熱滾滾的太陽趕羊回家，他父親數來數去就是少了一隻羊；他父親就地拾起一根晒乾的蔗枝，在空中舞得咻咻響，炸開的喉管裡拉出一陣嘎嘎響：「找不到羊，不要踏入門。」

豬屎旺幾乎踩爛了每一塊地皮，地皮對他喊出嘁嘁的嘲笑聲。太陽赤忽忽地照著，墳場上那棵巨大的榕樹神秘地伸出午後空寂的天空，宛如從地底伸出的一隻巨大的手掌；灰色的墓碑一個個突稜骨立，噴呼著白氣。豬屎旺全身黏滿各種植物的芒花，腳掌堅硬如石；他像個鬼一樣地涉過墓碑、草叢和一個個靜止的影子。

坐在路邊的大石塊上，望著天一寸一寸地變黑，他想他快死了。幾個路人投來狐疑的眼光，他渾然不覺，他只想著他快死了。天黑以後，墳場上的陰影幢幢朝他噬來，他只得拖著僵硬的軀殼一步一步走回家。他不敢從前門進去，繞到後邊，爬上屋子旁那棵高大的龍眼樹上。他看到他兩個弟弟端出矮桌子，擺好晚餐，全家人像往常樣地坐在月光下吃食；他父親照樣添了三碗飯，好像這個家從來不曾有他林本旺這個人似的。

他弟弟來樹下小便，聽到樹葉搖動的聲音，大叫著跑開去。等到他父親爬到樹上把他抱下時，他的胸口劇烈抽動著，人家斷定他無救了。

豬屎旺並沒有死，他又在墳邊放起羊來。現在他一逕兒把竹鞭舞得咻咻響，讓鞭子下的羊隻驚慌亂竄。別人問他爲何要那樣凌遲那些無辜的畜牲，他說：

「我阿爸說是畜牲就要用鞭子。」

「用鞭子？你阿爸也對你用鞭子，那麼你也是畜牲了。」

「我不是畜牲。」豬屎旺乾黑的唇好似沒有移動，而話卻一個字一個字滑出來。

「你不是畜牲，你只是一堆豬屎。」衆人拍著手掌笑著。

「我不是畜牲。」豬屎旺大聲抗議著，揮起長長的竹鞭。

在他飛舞鞭子當中，他的身形逐漸拔高起來，羊隻也越來越多了。

墳場西邊屬於製糖會社的一大片甘蔗田是所有羊隻的禁地。一天，豬屎旺在那棵老榕樹下興味淋漓地看人家下棋，突然有一道彷若石塊擊上鐵皮的響聲刮進他耳膜，他一抬頭，看到幾個黑影子在青綠的蔗苗間胡竄，他立即衝出去。

「馬加野鹿！馬加野鹿！」

一隻巨大的手掌摑上他左腮，他跌坐到地上，臉頰像火燙般地滾熱。那個黑色的彪然怪物睨立在他面前，天地一片闃暗。

「要罰一百元，住那裡？名字……」

陽光熱騰騰。他捧著那隻抽氣沉重的小羊站起來，一步一步走著；血從他手臂往下滴，小羊抽搐著，斷斷續續哶叫著；血往下滴，腸子滑到他手上；血滴落他褲管，滴在他腳邊的泥土上；他的眼瞳沒有任何東西，他只是雙手捧著羊，一步一步地走著。

「羊仔怎麼了？」他母親停止耙稻穀，抬頭瞪著他。

「穿黑衫的……穿黑衫的……」他的牙齒一直抖顫著。

那個健碩的婦人右手握著耙柄，左手插腰，在潑潑灼灼的陽光下瞪了他幾秒鐘，然後，她張開那有如火山口的嘴巴：「你是死人不！羊仔給警備仔躪踢到這款，你只會玩，趕幾隻羊仔趕得咚咚甩，你怎麼不去死！」

有幾分鐘，豬屎旺一點感覺也沒有。而後，他突然把手上的羊重重往地上一摔，羊慘呼一聲，他又用腳去踩踏，死命地踏。只是瞬息的光景，豬屎旺的身子已朝外彈出，而他母親的耙子也往前擊出。

豬屎旺十八歲時，日本偷襲珍珠港。翌年，他哥哥收到徵集令。

「阿標去了，那有人做我的幫手。」他父親在昏黃的煤油燈下皺起眉結。

「還有阿旺在呀！」他母親答道。

「他呀！他扳得動犁頭？」

最後，他們決定由豬屎旺頂替他哥哥去當軍伕。他們在昏黃的煤油燈下環坐著，誰也沒看豬屎旺一眼。豬屎旺坐在燈光照不到的牆角處，他感到腳掌發麻，但他還是不動地坐著。風吹進來，煤油燈晃動一陣。他突然想起有一個過年，他賭骰子一直輸，幾乎把壓歲錢都輸光了，在押下僅剩的一角錢時，他卻贏了，最後他總共贏了十塊錢，那個晚上他興奮得睡不著覺，那是他有生以來最快樂的一天。

在菲律賓一年多，才因患嚴重瘧疾而被遣送回國。南太平洋上無風的夜晚，戰艦輕輕鼓水前進。豬屎旺歪歪斜斜地走上甲板，努力要去吸啜一點風絲，但暗夜的長空報以冷酷的焦味。他躺了下來，全身像燒炭般地熾熱。蚊子嗡嗡馳過，戰艦潑水嗶剝；蚊子轟轟叫起，戰艦發出巨大的吼聲，船身劇烈晃搖著。「船沉了！」有人嘶嚷著。有一隻腳踏到他胸夾骨上，他的身子滾出去，滾到船沿，那裡有幾個人合力拋下一隻舢板，船身猛烈一傾，豬屎旺鼓起最後的一絲力氣，跳了出去，浪花湧上來，他的雙手攀住舢板邊緣。

他們在海上漂流一天兩夜，才被美國軍艦救起。半年後，他們被送到基隆碼頭。豬屎旺兩腳觸到堅硬的水泥地，全身兀自搖晃不已。之後，在乾裂的土地上走了四天四夜，他才走到他家。

那天，他母親趁空襲空隙出去割了一擔豬菜回來，剛卸下擔子，她看到地上一條長影子像黑色的蜈蚣匍匐到她面前。她一抬頭，有幾分鐘她嚇呆了，她以爲她青天白日撞了鬼。

豬屎旺沒有和他母親打招呼，逕直走進羊欄裡。那裡只剩下兩隻瘦伶伶的小羊茫然地站著，牠們看到他，從他身上嗅出熟悉的味道，齊仰起頭對他溫溫咩叫幾聲。豬屎旺跪下來，一手擁抱一隻羊，把他的頭埋在兩隻羊之間。人家喊他出去，他彷若未聞，整個下午，他就這樣抱著牠們坐在羊欄裡，沒有說一句話。

黃昏時，桂枝嬸越過他家籬笆，走到他面前。

「阿旺仔，我阿水仔不是和你搭同一條船回來嗎？」

「船沉了。」他無意識地答著，好像靈魂仍未回到軀殼似的。

「船沉了！阿水仔呢？」婦人想起她二十歲、身強力壯的兒子的臉。

「阿水仔在艙底睡覺。」

「在艙底睡覺，你怎麼沒叫他一聲！」她叫著。

「船沉了。」豬屎旺仍是無意識地答著。

「你怎麼不叫他一聲！你歹心！」她高聲叫著。

「船沉了。」豬屎旺絞緊兩邊的羊。

「你夭壽！你不會好死！」那瘋狂的婦人像座冒煙的火車頭般地朝豬屎旺撞來，豬屎旺的大哥跑過來拉住她。豬屎旺抬起頭兩眼突突地瞪著那婦人，後者正在他哥哥手中扭動著。豬屎旺突地站了起來，用他那尖凸如陀螺的頭筆直地往他哥哥身上撞去，凶猛地撞去，像隻終年被獵人鎖在鐵絲網裡的野獅乍出欄柵時的衝撞；他的哥哥向後跌去，沒有還手跌倒在地。

十八年後，他搬離了祖屋，獨自來到墳場邊蓋起房子。五間紅磚房背對墳場呈一條龍形，右前方是兩間略矮的畜房，最外面圈著刺竹柵。在一片灰色和鬱綠色的野地上，那幢抹上硃砂的紅磚房顯得唐突，彷彿是勉強從顏料庫裡借來的一抹紅。刺竹柵裡的人聲稀薄，只有羊羣和豬隻的叫聲狂肆地戳進天空；而刺竹柵外卻時有節奏不和諧的嗩吶或喇叭聲嘎進來。

豬屎旺老得厲害。自從在北部建築工地做了五年水泥工回來，他變得比實際年齡還老。他的右肩由於長期的重負而形成一個不自然的彎拱，走起路來像左肩拖著右肩似的；他那原本痳皺的臉皮卡了一層鐵灰似的東西；他整個人像一根被人遺棄在草堆裡的枯柴。

「羊仔飼飽了沒？」他兒子鎮河接替了他的營生，但他並不把竹鞭交給他；他兀自握著竹鞭對那個年僅十四歲，卻高出他半個頭的頎碩兒子舞得咻咻響，並且對他高嚷著：「鞭子是用來對付畜牲的。」

「飼飽了。」不管這句話說了多少遍，鎮河望著他父親那對老鼠般的眼珠，他兩腿仍會骨悚。

然後，豬屎旺坐下來，開始喝老米酒。他一杯一杯地喝著，天一寸一寸地變暗。他女兒扭開五燭光的燈泡，在燈下咯咯剁起豬菜；他兒子坐在簷下，對上空擲著玻璃珠；而他兀自一杯一杯地喝著。

「你們兩個死人不，養幾隻羊也會咩叫。」他突然跳起來，囂叫著。兩個小孩都驚惶地瞪著他。

「你老爸不像人，墓仔埔那兩個說的；我不像人，那個查某講的……」他的眼睛紅赤，裂開獠人的金牙。

他跑進廚房操出菜刀，一路砍殺出來，「我要去臺北殺了她，殺了她，把她斬成一塊一塊，餵豬……」兩個小孩奔出刺竹栅的門外。

豬屎旺在埕上跑著、叫著，揮舞著菜刀。而後，他衝進羊欄裡，把所有的羊趕出來，趕進屋子裡。「給這些羊住厝間，這些羊應該睡眠床。」羊在他腳邊竄動著、咩叫著。他低下身去撫那些乾爽柔滑的黑毛。他突然抽搐起來，他哭出聲來，羊隻愣愣地站著，任隨他的手觸揉牠們的黑衣。最後，他在長椅上躺下來，發出和煦的鼻息。

他妻子銀瑞確曾說過：「那個趕羊仔的不像人。」他說這句話時，她父親已決意把她許配給住瓦屋的林家，他說：「姓林的代代都是積德的人，你嫁給他們會結好果。」銀瑞是個有紅潤肌膚的女子，十歲就跟人家上農場栽種甘蔗了，十二歲採收甘蔗的俐落身段不輸給大人。當她得悉她父親要把她嫁給墳場上那個穿鬆垮垮的黑布褲的男子時，她走到她父親跟前，掙扎地道：「阿爸，伊是沒用的人——」而她父親——素以溫和良善著稱父親，霍地站起來，氣惱地指著她道：

「你不要目頭高，你以為你能嫁什麼人嗎？你聽好，我答應人家的絕無再收回的道理。」

婚禮簡單地完成。客人散盡後，豬屎旺坐在陪嫁的圓椅上，看著他妻子在煤油燈下一張一張揭去黏貼在器皿上的紅紙。她那專心致志的神情好像那些紅紙是一塊塊附著在身上的穢物，必須用力擦拭才能拭淨似的。豬屎旺想和她說話，他半張著嘴，而舌頭卻鐵塊般堅硬，他叫不出她的名字來。銀瑞的手觸到最後一張紅紙，那是鏡台上的大紅紙，她五隻結棍的指頭在上面揉滑幾遍，卻終究沒有把它撕下來，一輩子都沒撕下來；

而他也一輩子都沒叫出她的名字。

在他們一起生活的十二年裡，銀瑞很少正眼瞧她丈夫；她總是一逕地忙，忙農事，忙家事。他們對話的次數也比這多不了多少，而一開口彼此都以「喂」作稱呼，等到孩子稍懂事，彼此又都以孩子當傳聲筒，因而兩人之間的對話更減少了。

後來，他每常在飯桌上罵她，企圖挑起她的回罵；但她總是不哼聲，乾脆不接近餐桌，等他吃完再進來。每次豬屎旺越罵越沒趣，卻也越氣憤，這時他總會跑到羊欄裡，清掉所有不潔的東西，換上乾淨的稻草。羊隻咩咩叫著，分不清是喜悅或哀愁地在他身邊繞著。

這樣的日子到第十二年的某一天，豬屎旺走入廚房，晚飯沒有像往常擺在桌上。

「你阿母呢？」他問那個屈身在竈邊升火的女孩。

「不知道。」

到他兩眼發疼，他才看到腳踏車上搖搖擺擺的她的影子。他望著她那寬舒的臉龐、新鮮的眼色，突然，他像把猛火樣地撲上去，雙手掰住她雙肩使力往下扯。腳踏車倒下去，她的左腿被壓住，但她只有短暫的頓挫便立起身來，然後不甚費勁地擺開朝她揮來的拳頭。

「歹查某，歹查某！今天要給你好看。」

「講話要存良心。」她沉靜地說。

「你有什麼了不起，你爸才不把你看在眼裡，有辦法你給我出去，你出去看看。」

他對她背後咆哮著，揮動著拳頭。

「這是你說的，好。」她停住跨過門檻的右腿，轉過頭來冷冷地對他說。

「你出去，你走，不稀罕。」

「好。」

當天晚上銀瑞就走了。不久，豬屎旺也北上工作。有三年時間，這對姊弟等於是孤獨地住在羊欄旁的三間竹板屋裡；那段日子羊欄裡空空的沒養半隻羊。三年後，豬屎旺回到家來，第一件事就是從滿滿一鐵盒的鈔票中抽出三張去買隻壯大的母羊。然後，在墳墓邊買塊地，蓋了房子，十萬火急地搬出去。他對他哥哥說：「以後，咱們切斷關係。」

他的羊越繁衍越多，村人有些已改口稱他「飼羊仔旺」。他不在乎人家怎麼叫他，因爲他早已拒絕和別人打交道。他的日子裡只有農地和羊隻，再就是喝酒。

隔了兩年，輾轉傳來銀瑞病重的消息。幾天後，銀瑞的哥哥來見豬屎旺，轉達銀瑞思念孩子，想回到家來的意思。豬屎旺聽了默不哼聲，老半天才從胸腔壓出話道：「她如果入門，我會把她腳骨打斷。」

他聽到銀瑞去世的那天，他喝得醉醺醺的，跑到羊欄裡，把所有羊都放出來，對著天空大叫道：「那個查某得到報應了，那個查某……」

接著，他把那個年滿十六歲，瘦小，老是張惶著一張退縮的臉的女兒嫁給一個五十二歲的老兵，不管她哭了三天三夜，哭破眼皮的哀懇。

現在，他和他兒子住在紅磚屋裡。他坐在長板椅上靜靜地一口一口啜著酒；鎮河則坐在簷下，把一大堆五顏六色的玻璃珠子播弄得威威墜墜地響。

「墓仔埔那些都給你吵出來了。」

每隔幾分鐘，這句單調的話會從他啜酒的口中流出來。而那個大塊頭小孩已不再被他的聲音嚇著，他兀自把五顏六色的玻璃珠弄得威威墜墜地響，他喜歡把所有東西弄出聲音來。

豬屎旺從沒把竹鞭交給他兒子。鎮河是用兩隻手趕羊的；他用兩隻手就把一大羣羊隻趕得咩咩叫。他也絕不把羊隻放到墳場上；他趕得遠遠的，趕到國小旁邊那條長滿茂草的大水溝旁，然後他跳過學校的圍牆，加入操場上玩躲避球的人羣。幾隻較不遜的羊會走離草地，踏入一畦整齊的菜圃裡。主人遠遠地從路那頭嗷叫著跑過來。

「你們的羊吃掉我半畦的菜苗。」

戴斗笠的主人蹬著腳踏車衝入刺竹柵的大門裡，還沒下車，就重重地喊話了。

「羊仔是畜牲。」豬屎旺仔在毒日頭下站成一根樁。

「你兒子不是畜牲吧！」

「他當然不是畜牲。」他看站在簷下臉色有點發白的鎮河一眼，「他當然不是畜牲，我一向不准他用竹鞭子對付那些羊。」

「他總可以把那些羊約束好吧！」戴斗笠的主人怒氣沖沖地喊著。

「他用兩隻手就可以約束那些畜牲，他是有氣力的，他只用兩隻手就可以把你從腳踏車上掀下地。」

「豬屎旺仔！」

戴斗笠的主人蹬上腳踏車衝出刺竹柵的大門。鎮河往前跨入白煉煉的陽光下。

羊遺失了一隻。豬屎旺載著鎮河蹬開腳踏車衝入戴斗笠的人家。

「你起瘋了不！我那時偷你的羊，我的田地已經圍起鉛絲網，你那些畜牲再長兩隻手也鑽不過去，我那時偷你的羊。豬屎旺仔！」

他就這樣載著他兒子在毒花花的日頭下衝到每一戶人家的屋簷下，粗嘎著喉嚨道：

「羊仔還我。」

里民大會決意：爲著不願再看到豬屎旺的腳踏車像神風特攻隊的飛機樣地撞上每戶人家的門檻，全體同意募捐買隻羊給他，里長並率先捐了十元。當那隻比遺失的稍瘦的羊牽到他家時，他蹲下來扳扳黑山羊的後腿道：

「只幾天不見，你就被那些兩腳的凌治得瘦嗶巴！以後要跑快點呀！」他轉過頭，對著他兒子，「對付賊仔就要像對付一隻狗同樣，就是剖開他的肚子，也要把他偷的骨頭搶回來，知不？」

鎭河點點頭。

鎭河開始在外邊逗留至很晚時，他父親並沒有認眞盤問他，他說：「我在讀書，準備考高中。」他拿回一架舊收音機，一到家，就把收音機開得漫天價響。最初豬屎旺抗議著，後來父子兩人各守一方，讓那充滿人間氣息的聲音在房子四周躍動著。以後當鎭河徹夜不歸時，豬屎旺倒也能親自扭開收音機，在音樂中化去對兒子的咆哮。

鎭河一個禮拜未歸的那次，豬屎旺把羊覓趕進羊欄裡，回身揮出鞭子。鎭河沒有逃避，他搓搓身子，淡淡地說：「阿爸，你飼我卡輸飼一隻羊仔。」

以後這個家就失去他的影子。有一年一個炎熱的午后，一輛白色大轎車開進村莊來，金光四射的車身引起全村不少的騷動，以爲什麼重要人物來到，仔細一看，才看出是豬屎旺的獨子。鎮河用一隻手瀟洒地握著駕駛盤，同時和坐在旁邊的伙伴低語暢笑，一直沒有把眼光投向窗外那些對他指指點點的人。車子在村莊繞了一圈後，才直往墳場的路駛去，駛進刺竹柵的大門。

豬屎旺跨出羊欄，看到這兩個西裝革履的人走下車門，一時目瞪口呆，直到鎮河喚聲「阿爸」，他才會意過來。他對煥然一新的兒子第一句話是：

「幹，這款天你脖子吊那一條，不怕被挫死。」

鎮河笑笑，打開行李廂，搬出一個大箱子，取出裡面的大型收錄音機，送到他父親面前。

「阿爸，這是我孝敬你的。」

豬屎旺並不伸出髒汚的手去接，他沉著臉逕直往屋裡走。鎮河笑笑，跟在他後面把收錄音機捧進大廳桌上。而後，白色轎車又駛出刺竹柵，消失於墳墓的另一端。

那些年，豬屎旺的羊隻達到空前的高峯。墳場上到處是一個個游動的黑點，所有綠色的植物都不能逃離被啃噬的命運，到最後只剩那棵巨大的榕樹獨自感傷地望著那羣禿頂的孤塚。

鎮河應召入伍不久的一個黑夜裡，豬屎旺吃過晚飯坐在庭院乘涼。突然，他看到籬笆邊出現一個黑影子，他不動聲色，抄起一支木棍，慢慢踱過去，對著那個黑影正要揮出木棍，驀聞一道急促的聲音道：「阿爸，是我啦！」

豬屎旺正要開口臭罵，猛一抬頭，墳場那邊兩盞車燈妖妖閃閃而來。他震了一震，感覺旁邊的鎮河鼻息粗重，「快，去羊欄裡面。」他低聲叱著。

兩盞黃燈一旋踵潑到他臉上，他是一副什麼感覺都沒有的木然。兩個憲兵下了車，也不打話，就在屋前屋後搜索起來。等到他們發現一切的徒勞，才回到兀自凝立不動的豬屎旺身邊。

「你兒子逃兵了，你知道不知道。」

「國語我聽無。」豬屎旺不疾不徐地說。

「別理他。那邊找找看。」其中一個指著羊欄的方向。

羊欄裡靜寂無聲。兩人迅速地掩過去。

兩隻手電筒在羊欄上搜索著，羊隻不安地瞪著黑眼；手電筒探進羊圈裡，滿坑的羊游動起來，羊欄也跟著旋轉起來。驀地，所有的羊齊發出咩叫聲，鬼鬼的咩叫聲穿出羊欄，刺入夜空。

兩人撒腿奔了出來，急急上了吉普車，並且不敢再回頭看那黑暗中的人影一眼。

當鎮河殺人逃亡上了報的消息，在村裡播騰開來時，豬屎旺忽然把所有羊都賣掉了，只留下那隻懷孕的母羊。

一個深夜，三重市某個夜市已經收了攤，街道冷寂下來，滿地的垃圾被風吹得翻飛跌滾，屋子裡的燈一盞一盞熄滅，幾盞街燈散著清癯的白光。兩輛警車突地拐進來，遠遠地在街邊停了下來，幾條黑色勁捷的影子迅速竄上一幢四層樓的四周。驀然，所有燈都熄了，整條街陷入恐怖的暗影裡。

「林鎮河你已經被包圍了，快出來投降吧！」一道飽滿的男中音劃破沉寂。

四樓的客廳本已亮起一道暈黃的光，被這聲音一震，馬上又回到闃暗中。空氣中仍是死一般的沉寂，但隱約可覺出所有東西正惴惴不安地顫動著。

「你再不出來，我們要衝進去了。」

屋子裡仍然一無動靜。

兩個黑衣人掩上門口，就著手電筒的光開著門鎖。就在這時候，屋子裡突然一陣乒乒乓乓響了起來。開鎖的人加緊動作，瞬息一腳踢開房門，子彈在人跨入之前砰砰激射出去。一陣劇烈的槍響之後，又是一片死寂，比死亡還深的死寂。

啪一聲，有人打開電燈。只見地面上散著幾個變形的鉛製的桶子、蓋子、杓子，林鎮河手握長柄杓，一隻大桶子罩住他的頭，血把他簇新的白西裝染成一朵朵鮮艷的紅花。

「哈哈！他拿的不是槍，哈哈！」一道突兀的笑聲爆發出來，接著又是一片沉寂。

管區警員來通知豬屎旺到臺北領屍，他一句話也沒說，只楞楞地瞪那人一眼，又低下頭去照顧那隻顯然是難產的母羊。

最後，在海口當警察的鎮河的堂弟鎮岳，奉命到臺北具領鎮河，並且連夜把他運回來。

當天中午，小羊又死了一隻。到了黃昏，最後的一隻也死了。只剩下母羊張著悽愴無助的眼神靜靜躺著。豬屎旺把三隻小羊裝進木箱子裡，而後將它搬到隔壁豬舍，放在鎮河的棺木旁邊，彷彿要它們相互爲伴似的。

第二天早上，鎮岳又奉命來催豬屎旺趕快發落喪事。

「你去叫誦經的來。」豬屎旺終於開了口。

中午時分，三個道士踏入刺竹柵的大門，在埕上架起道場來。

主持的道士走進屋子裡問鎮河的生辰八字。

「不是超渡伊。」豬屎旺坐在破舊的籐椅上，兩隻眼睛平平張著，卻好似什麼東西都沒看進去。

「你說什麼？」黑衣道士吃驚地問。

「是超渡伊阿母。」

「什麼！」

「伊阿母。」三個字從他那彷彿未曾開啓的唇縫清晰地溢出來。

說完這話，他的眼睛仍然沒有看進任何東西。然後，他站起來，扛上圓鍬，直直地走出門外，走進墳場，在一塊長著茂草的地上挖了起來。他仍然不看任何東西，只是專心致志地挖，儘管汗水淋濕了鼠灰色毛衣，他仍是不停止地挖。天地完全暗下來時，他已挖出一個大坑穴。

隔天太陽尚未昇起，幾個上田的人驚異地發現豬屎旺正在挖第二個坑穴。「另一個要埋誰？」他們心裡問著。於是整個村莊都議論起：「另一個要埋誰？」「也許是他自己。」有人半是玩笑半是不安地揣測著。

太陽往西時，幾名土工來扛鎮河的棺木往墓地，豬屎旺並沒有出現。土工把棺木放進其中一個墓穴，開始掩起土來。沒有樂隊，沒有五子哭墓，只有道士高拔的嗩吶聲伴隨鎮河入土。

忽然，豬屎旺遠遠出現於刺竹柵外，朝墓地走來。他一手牽著那頭母羊，一手拖著木箱子，身上穿著那件磨污的黃銅色夾克，直直地走來。母羊的頸子套著繩子，柔順地讓牠主人牽著走動。衆人驚詫地望著他們。

豬屎旺並不看衆人一眼，他逕直走向另一個空墓穴，將木箱子放進裡面，然後跪了下來，把母羊攢到身邊。然後，令衆人屏息的是：他抽出後邊褲袋裡的長刃刀子，往母羊的脖子一割，血沁出來，母羊微微顫抖著，但沒有抗拒。刀鋒緩緩地穿過脖子，血噴湧出來，母羊跪倒在地，眼睛露出似絕望的哀戚。榕樹下新蓋的廟裡擴音器揚起唱讖的誦音，那平和的聲音撫過母羊身上，母羊慢慢闔上眼皮。

豬屎旺把母羊抱進墓穴裡，脫下身上的夾克披到母羊身上，然後開始掩上泥土。唱讖的誦音源源不斷地迴盪在空氣中，黑色的泥土一剷一把地落入墓穴裡。

墓穴築成，豬屎旺仍然沒有望衆人，也沒有出聲說話。他站起來，直直往前走，走上墳場間的泥沙路，不快也不慢地走著，沒有停頓、也沒有回頭看地走著，花生田上的身影越來越小，終至完全消失。這以後，村裡沒有一個人再看過他，沒有人知道他的去處，他完全從這個世界上消失。

——七十六年九月，時報文化公司，「乾燥的七月」

年輕出擊

民國四十七年生，山東臨朐人。台大歷史系畢業，現專事寫作。著有小說集「方舟上的日子」、「未了」、「台大學生關琳的日記」、「我記得」等；散文集「擊壤歌」、「昨日當我年輕時」。

朱天心

◉楊明

深情在睫，孤意在眉

——側寫朱天心

怎麼看天心也不像是做媽媽的人，短短的髮，瀏海覆著飽滿的額，一雙大眼睛骨碌骨碌轉，極靈活的。客廳裡海盟仰躺在沙發上，小手揮舞著，那圓臉尖下巴都像天心，天心彎下身，哄呀哄的抱著女兒上樓，看著她的身影，倒叫人想起「天涼好個秋」（後改編為電影「小爸爸的天空」）中的唐蜜，連做阿姨都嫌年輕，卻是寫了六部書，又已成家生了個女兒的小母親。

雖然嫁給了謝材俊，到了吃飯時間，小夫妻倆仍是抱著女兒回娘家。找天心聊聊，也是約在娘家，反正離新居只一條巷子，方便極了。和謝材俊的交往，前後算算也十年了，才唸高中，謝材俊就已在天心的後院外唱情歌，到現在，還時常被天文、天衣拿出來取笑。上大學後謝材俊住進了天心家對面的三三書坊，每日穿著天心口中不很美麗的睡衣到她家看報，兩人的邋遢相彼此都再熟悉不過了，如今結婚成了一家人，心情、生活也沒什麼大變。不過，天心說雖然結婚、生子每一個人都會經過，但是對於一個生活認眞的人來說，任何一件事都是很大而且很不同的經驗。

或者，就是這種認眞的心，天心即使只是在寫身邊瑣事，依然能夠感動人。天心說，人一開始就該學說眞話，才不會忘了自己的眞感覺。

天心初入大學時，正好是所謂的鄉土文學盛行的年代，那時有一種流行的訊息，只要是描寫中下階層生活的作品，不論寫得好壞，都是一流的。但是，如果描寫男女之間的感情，則被歸入鴛鴦蝴蝶派，在那種潮流下，連張愛玲也不能倖免。所以，天心也想嘗試寫農人、寫礦工，可是，又實在缺乏這方面的體驗。她因爲極喜歡吳念眞的小說，不自禁的心裡也跟著羨慕起他的生長背景，念眞的父母是九份的礦工，都沒有受過教育。後來，她和念眞談過，才知道念眞也很羨慕她的生活。天心說，文學本來就是百花齊放，每個人以最不同的風姿展現自己，只要有新意，都是好的。

這話說得眞對，像天心的「擊壤歌」寫北一女三年的生活，「未了」寫天心一家的家常日子，就連「方舟上的日子」、「昨日當我年輕時」收錄的短篇小說，也是天心自己的或朋友的故事，讀起來自然、親切，和自己的生活沒什麼大不同。

天心是把寫作當成一輩子的事的，她說就因爲是一輩子的事，所以不必急，像馬奎斯的「百年的孤寂」也是卅七歲才寫成，算算天心還有九年，九年，不知道她又會寫出幾本書。從擊壤歌中的小蝦、未了的縉雲，到和天文、天衣合出的三姐妹，讀者幾乎是和她一起成長過來的，她有寫「愛情」、「天之夕顏」的寒涼心情，亦有「停雲九章」的明朗胸懷，踏出這一片清純明淨的世界後，天心又寫了「臺大學生關琳的日記」，從這本書收入的五篇小說中我們不難看出天心辛苦地成長，她對社會注入了更多的關懷，亦進一步地體會出她對讀者的責任。

天心寫東西從不熬夜，就是有一個習慣，一定要吃很多很多的零食，天心笑說，別人寫東西是要把腦子弄充足，她卻是要準備一大堆東西把胃弄充足。臺大畢業後，寫作對天心已不像從前那般快樂，整個寫得過程，她人都繃的極緊，寫完了就像大病一場，很傷元氣的。但她還是會繼續不斷的寫，因爲這已經是她終身的事業了，更何況還有作品完成後的滿足與喜悅。

將近兩年了，天心幾乎沒有完成任何作品，是不甘心吧！她不甘心和過去一樣只寫心中清亮明淨的感覺，她要接觸更廣闊、更值得去寫的事，蘊釀了一段時日，天心說想寫一個關於保釣時期的長篇小說，目前仍在收集資料。畢竟這樣的題材不比小蝦天上人間的遊玩，緇雲世俗家常的生活，天心恐怕得費更多的心方能完成。

天心說，有些人將她們一家封爲文學世家後，便以爲她們的生活定與別人不同，直到比較熟了，才發現原來她們也在飯桌上說人長、道人短，而不是孜孜不倦地討論文學，其實撇開寫作，天心過得是再尋常不過的世俗生活，也要食人間煙火，也有喜怒哀樂，情緒也許比別人强烈一些，但是基本上都是一樣的。

然而，父母都從事寫作，也不能說對三個女兒沒有一點影響吧！從天文、天心、天衣都還很小的時候，朱西寧、劉慕沙便以小孩的語氣爲她們記日記，記她們說的話、做的事，留待她們長大後，仍能看看自己的童年。天心小時候，有自閉症的傾向，害羞而又內向，連爸爸出差數日再回家，她也要認生的到床下躲起來。心理學家說有自閉傾向的人多屬於天才型，姑不論這種說法是否正確，天心確實是聰明而且用功的。她寫作開始得很早，大約是在十五歲左右，第一篇小說是瞞著父母偷偷投稿的，天心說，小說刊出來後，爸、媽看了都很高興，她才知道原來爸媽是高興她也走上了寫作這條路的。天心也眞不負期望，曾經兩次獲得聯合報小說獎，亦兩次獲得時報文學獎。

問她天文這幾年在編劇上很有一番成就，她是否也會手癢，想嘗試編編劇本呢？天心馬上搖頭，她說剛好相反，因爲現代文學中已經有太多的人才轉投入電影，她一直覺得十分可惜。像吳念眞，自從改行編劇後，就見不到他的小說，對文學界來講，是很大的損失。天心說小說和電影不同，電影必須考慮觀衆、考慮片商、製片環境，又要配合導演，就算一切都很滿意，還得經過演員來表達，這樣一層一層的轉，呈現在觀衆眼前時，已經打了很大的折扣，但是小說不一樣，小說因爲是獨力完成的，所以寫起來很過癮，可以任自己天馬行空的去想。

最近，柯一正打算拍朱天心的「淡水最後列車」，本來就是希望天心自己編劇，她卻不願意。天心說爲了商業，在自己的作品中再加一些效果、一些人，重新更動一番，好像血淋淋的把自己的作品支解了，她寧願由別人改編，也不要自己動手。所以天心始終鍾情於小說，不移情於電影。

天文曾用「深情在睫，孤意在眉」來形容天心，眞是再恰當不過了。天心極深情於這個世界，她事事沾身，眞實而又誠懇地活著，凡事但求眞心眞性，不辜負別人，不枉費自己。如此眞性情的人，對這日漸薄涼的世界，心中的失望不知是怎樣的沉厚？所以，她在一篇自序中寫道：「究竟我是那嘲笑大鵬的斥鴳，或我是心向九萬里的大鵬而無人可識？問來問去從沒有得過答案。其實又怎麼能現下就得到答案呢？昔時我極喜歡

『一杯看劍氣，二杯生分別，三杯馬上去！』式的分道揚鑣，於今覺得雖是意氣風發，然終有一些負氣的煙火味。我更喜歡六祖慧能的心平氣和，他說的是『此心本淨，無可取舍，各自努力，隨緣好去。』」由浪莽少年到懂得珍惜本淨之心，天心走過了一段漫長的歲月，她或許也曾孤獨、也曾寂寞，但是以她的冰雪聰明和執著深情，總能在絕望之時，尋出一閃的靈光，讓她對這人世再懷希望。

——七十五年八月，文訊第廿五期

〈朱天心作品〉

無情刀

自己呢？

一身店小二打扮，頭上繫條不倫不類的汗巾，

逢人蝦腰作揖，涎著臉求人……

難怪圓圓只跟歐陽大俠而不認他這親爹爹！

「我不要穿這個我不要嘛！」

被爸爸擺佈了一早上的圓圓終於忍受不來了，一把將脖子上的小紅領結給扯下來，狠狠的摔在地上後再補踏兩腳，隨即轉臉向媽媽扮出求救的表情。

圓圓媽到底比較見過世面，極好聲氣的向圓圓爸笑語：「我看其他小孩也從不穿這個的……」

「問題家寶不是其他小孩，他剛剛得過獎，是大明星了，你婦人不懂就不要開口！」

圓圓爸重又拾起紅領結，撣撣灰，給圓圓再繫上。圓圓氣悶得只差沒要大哭，看媽媽，媽媽又是那副神氣了，瑟縮著已經極瘦小的身子，黃垮著一張小臉，像每次在片場時躲在角落裡一樣，圓圓終於爆發了，推開爸爸的手，再扯下領結扔在地上踏：「土死了土死了土死了！」

也難怪小小一家三口會鬧成這樣，圓圓今天要去見一個香港公司來臺灣拍片的導演，現在不管什麼類型的電影又都時興童星戲，找剛得過金馬獎的圓圓是很理所當然的。但這是得獎過後接的第一部電影，而且圓圓爸最近決定不開計程車，改行做圓圓的經紀人，圓圓的演藝事業頓成了一家的生計大事，也難怪會緊張鄭重成這樣。

結果是爸爸一票抵不過兩票，依圓圓意讓他穿了前兩天替愛迪達拍廣告獲贈的運動裝，一身潔白的衣褲、白球襪、淺藍色的小球鞋，是不難看，但怎麼比得上穿西裝皮鞋繫領結的正式呢！唉，婦人小子婦人小子！難養難養！

圓圓爸砰的關上車門，發動了引擎，習慣性的扳下計程表，唯倒車出巷口的時候，回頭看見後座一大一小兩張忍著笑的臉，圓圓爸生起氣來了，要把表扳回去也不是，算了，媽的，你們也看看我這一趟本來可賺多少的，賺多賺少這些年你們還不是靠我這麼養的，我不是不會賺，只是不要賺了，改行做圓圓的經紀人罷了，免得母子倆沒見過世面的被人吃死了還跪地磕頭當人家是大恩人呢！

到了導演住的飯店樓下大廳，看看咖啡座沒甚麼像導演的，圓圓爸便顫危危的走前去問了櫃台，櫃台小姐打了電話到房間，說是馬上就下來。圓圓爸謝過櫃台小姐，攜了母子倆到電梯口恭候。那光潔的大理石壁把三個人影映得小小的，圓圓爸不由得挺挺胸，吸口氣，叮囑圓圓媽：「待會兒都由我來，你們別插嘴。」

電梯上上下下十來分鐘，終於放出一名滿面笑容的男子，先認出圓圓，再朝圓圓爸媽伸手：「李先生夫人嗎？」圓圓爸趕快伸出手，也一臉和氣：「久仰久仰余大演導，我是家寶的父親，這是他母親，」圓圓爸朝身畔讓讓，再拉過圓圓，按圓圓的頭：「給余導演行個禮，以後請余導演提拔。來！圓圓打個滾給余導演看！」其餘三人聞言皆呆掉了，圓圓爸沒留神這些，一味的推著圓圓的肩，敦促他：「快啊！打個滾給余導演瞧瞧。」圓圓躲開爸爸的手，背著爸爸朝余導演鬼機靈的一笑，再不屑的把嘴向身後的爸爸撇撇，余導演也會心的回圓圓一個默契的笑，拍拍圓圓的頭，對圓圓爸說：「去年我來臺灣正好看過一集他演的『赤子天涯』，得獎的『雲的小孩』在香港也看到了，是不得了，所以這回拍片無論如何一定得找他。這樣吧，我們 coffee shop 坐了再談。」便率先領圓圓走前。

圓圓爸跟在後頭，奇怪這余導演倒沒什麼架子，而且也是運動衫短褲涼鞋，跟圓圓一道倒才像父子呢，那麼母子倆的主張竟也沒錯。但是圓圓爸並不氣衰，仍回頭告誡始終沒抬頭的太太：「等會兒由我開口。」

坐定且各叫了飲料後，余導演簡潔的說明了在臺灣拍的是一部暑假檔的科幻娛樂片，是他們香港公司打算試探臺灣市場的打頭陣作品，另一部是下半年要在香港拍的，屆時李家夫婦要都陪去的話，公司在食宿上也會有優厚的貼補。

圓圓爸才聽在香港拍，又是監護人（不就是自己嘛！）可陪著去，先就爽快答應了，連前一晚上琢磨再三準備大開獅子之口的演員費都忘了問。圓圓媽卻吶吶的一旁開了口：「可是圓圓過了夏天就要進小學了，會耽誤到功課的……」是向余導演說，卻是給丈夫聽的，圓圓爸卻不知已想到哪裡去了，唯恐坐失良機，忙掏出早備好的一包KENT，拆了封，遞前去，余導演笑著搖手謝絕，自己掏出一包長壽拈煙點火，安慰看似失神的圓圓爸：「奇怪臺灣的長壽我抽著頂順口。」

事情就這樣的敲定了，卻是價錢仍沒談，三人坐在自家的計程車裡都各有心事。圓圓是想去前天唐小偉說的那家牛排館吃黑胡椒腓力，在向媽媽提議，媽媽幾乎是事事依圓圓的，便一起先觀察一下在開車的爸爸，爸爸大概聽到兩人的嘰嘰喳喳，便開口問：「下午幾點的通告？」圓圓媽答：「兩點。大概要到半夜收工，今天得趕錄兩集，他們男主角明天要去高雄做秀。」

圓圓爸看了看手錶：「快十二點了，就去他們公司地下室吃個自助餐吧。吃了還有時間睡一會兒，棚裡的冷氣反正舒服得很。」

圓圓聞言頓時垮掉一張臉，懊喪極了的瞪向媽媽，但是今天的爸爸太奇怪了，反叫母子倆心生怯意，兩人互相看來看去並不敢發作。

車子才一到電視公司大樓前，圓圓便趕忙拉了媽媽下車，讓爸爸慢慢找地方去停車，最好是停到看不見的地方，免叫唐小偉給瞧見。

唐小偉是他們這檔連續劇製作人唐龍標的小太太的兒子，年紀跟圓圓差不多，長得十分機靈秀美，但有什麼用，一上戲就必給圓圓搶盡鋒頭，導播編劇攝影師看在製作人的面上給足了唐小偉的戲也白搭，全國觀衆開機就是爲了看圓圓。這齣戲裡小偉一樣只能演個大富人家的小小少爺，圓圓則是跟隨男主角歐陽大俠走天涯的小乞丐，和小偉戲中有一段似「乞丐王子」的友情。其實私底下兩人交情也不錯，最常——也就是圓圓現在最怕的——最常兩人一道坐在大樓門口認車子玩，小偉也是未進小學不識字的，但車子遙遙駛來他就能叫出車子的廠牌年份，誰叫唐小偉家就有那個環境呢？唐龍標每做完一檔連續劇便換一輛新車，人高馬大喜歡大型車，現在開的是一輛大別克，唐小偉的媽媽有時來探班，自己開一輛天青色輕靈的BMW。圓圓以往也偶有爸爸接送，但唐小偉都只當他們是坐計程車，以後就慘了，爸爸這樣日久天長的接送，早晚有一天會被唐小偉發現，原來自己家的車子竟是一向小偉口中所說的「裕隆破車子」。圓圓眞正是擔心極了那一天的到來。

一客二十五元的自助餐的確便宜，圓圓吃幾口嫌乏味便歇手，先上樓去公關組辦公室數一數觀衆今天又給他多少封信。這一齣戲才上一星期，圓圓每天接到的信比男女主角加起來的還要多。圓圓是三年多前應徵入選拍奶粉廣告而開始了他的演藝生涯，直到去年暑假一檔八點檔的武俠連續劇「赤子天涯」，把圓圓一夕之間捧成全國風雲人物，「圓圓」就是他在戲中所飾千里尋母的小孤兒的名字，當時圓圓還胖嘟嘟的，編劇便順口給小孤兒取名做圓圓。一年來圓圓貪長高，瘦了許多，但也就仍以圓圓爲藝名了，眞名李家寶只有爸爸有時打罵他時才喊的。

夫妻倆則是一餐飯吃了老久，圓圓媽屢屢偸窺丈夫神色，不明白他怎麼老含著筷子不下箸的發著怔，該不會是因爲從今起要全仗家寶過活而心上不舒坦吧？五十幾歲的人了，靠靠子女也是說得過去的，雖然家寶還那麼小。

圓圓爸是五十歲那年從軍中退伍的，退伍後用退伍金買了計程車，立業之外也成家，娶了才十七歲的圓圓媽，是典型的老退役軍人娶窮本省女孩的婚姻。結婚第二年一舉得子，圓圓爸驚奇之外也欣喜李家有後，他自己是兩代單傳，圓圓媽嫁他時身子瘦小得還像個小學生，他是一點指望都沒存的。三口人家過過幾年也掙得自己的房子，生活的壓力不是沒有，他每見家寶跟媽媽纏一黨，就覺自己是獨力在養一對沒長大的兒女，而他註定了只能陪他們半輩子，往長遠想不能不憂心，所以他把錢摳得這麼緊是有道理的。

可是從去年起，他又有了另外的不能達成便死不瞑目的心願，他一定要把老娘和翠翠，起碼老娘給接出來。

那是去年過農曆年時，他輾轉接到翠翠從老家寫來的信，翠翠是他留在大陸上的妻子，而代筆的竟是自己的兒子，也叫家寶，是翠翠還記得他無意中的話，乖乖的給起的。寫信的那一陣子，正是家寶妻生孩子時，翠翠一開頭就說：「夫君接信平安，三十三年前我在這西廂房裡生了家寶，三十三年後又在這兒替家寶媳婦兒接孩子……」

他起先還直楞不過哪兒冒出個家寶，往下看，才知道三十八年春天那次軍隊匆匆過老家，他溜回家與翠翠再做一夜夫妻，也可憐小兩口成親三年只一起待過十幾天，他且知道自己寡母總把苦日子的怨氣出在翠翠身上，自己軍旅在外不能守在翠翠身邊折衝，而這天不亮又得匆匆趕回軍隊，愈發疼惜不盡的摸著翠翠的臉，黑裡兩人貼著也看不見彼此，手上濕淋淋的全是翠翠的淚水，沒想到就是那一夜，就留下了個家寶，可憐這孩子從小沒見過爹爹……圓圓爸信讀到這裡，放聲大哭，像要把三十年來沒再流過的淚水全部還在這一刻。而母親竟如人願的還在人世，只是困難時期眼睛壞了到現在。翠翠的信大約防檢查，只說共產黨來時，他們李家三代做人傭保老資格給分到主人家的一爿西廂房，一住這三十年了，房子雖破舊沒再重修，日子倒比解放前好過。圓圓爸掐指一算，兒子都三十三了，翠翠不也過五十的人了，跟當年離家的自己母親一樣，白髮飄揚在晚風裡？這三十年憑空哪兒去了不相信！

自此家寶爹整個人像給分了一半去，這一半在老實家常過日子，另一半則發熱病似的全心執意的攢錢，起碼要先把老娘接出來再說，不知道哪聽來的，攢個兩百萬就能接得出一個人，不談那麼遠，跟他一起火車站前拉客認識的老張不就是今年初跑了一趟香港，香港掛了一通電話回去，只是老張爹娘文革時候已過世，老家就剩個六姊還在，聊解鄉愁的這一通電話兼來去香港，可花了十五萬臺幣。所以他不是不會打算盤的，待這回陪圓圓去香港後，也打電話回去，旅費食宿一省，電話費再貴也還上算哪！

圓圓爸被搖過神來時，是餐廳小弟正冷眉冷目的告訴他是下午打烊時候了，圓圓爸也沒被掃興，見圓圓媽不知什麼時候離開的，或許先去陪家寶背本子對詞兒了吧，便起身也上樓找他們。

還沒有進公關組，遠遠便聽到家寶朗朗的笑語聲，他也不想進去，就那樣靠牆立著遠觀，辦公室的門半開著的，正好看到幾個大約是報刊影劇版的女記者正圍著家寶逗弄，家寶倒落落大派的抱著膀子悠閑答話，坐在高凳子上，兩腳凌空盪呀盪的。家寶爸就怎麼看怎麼看不出他哪一點比人家强比人家紅，小時侯胖嘟嘟的還有三分可愛，現在瘦，也像媽媽的黃巴巴，單眼皮，大嘴巴，頰上還一塊怎麼都洗不掉的汗斑，說什麼都比不上跟他一道的那個唐小偉的白淨臉、長睫毛大眼睛、唇紅齒白外加似洋人的挺鼻子。但報上就誇家寶的什麼中國小孩臉，唐小偉那種俊小孩的臉則不流行啦。家寶爸只知道衣服頭髮有什麼流行不流行，沒想到連臉蛋也講究這個，那家寶也算走對運了，就不由得他不發了！

等母子兩人出來差不多也兩點了，家寶爸忙催促他們進棚。

進了棚家寶媽忙掏出本子來唸詞兒給家寶聽，家寶則邊背邊由著化妝師秀秀撥弄。家寶爸負著手立在一旁打量過往神明，每一個不管是演員或道具工人行經身邊都會熱烈的喊聲圓圓，也向圓圓媽頷首微笑，圓圓爸則不知該不該跟著回禮，左思右想半天都沒跟上，竟微微生起氣來了。

此時一名一身短打塗兩道劍眉的男人過來，對圓圓說：「怎麼圓大牌撈過界啦？報上說你又要拍電影去，大牌賺那麼多錢也不請請叔叔啊？」說著亂七八糟的搔搔圓圓的頭，招秀秀打了一記：「要死哦剛才梳好的！」圓圓也斜仰臉，忽然極殘忍的瞪那男子一眼，不答腔。那男子朝圓圓爸媽俏皮的一笑，下成了臺階的邊走邊洋洋放話：「喲，那明兒個來來香格里拉的芒果大餐在下也只請得動唐小偉嘍！」

圓圓聞言忙掉過頭來一跺腳，氣急的大喊：「說自己打賭輸了欠我的最賴皮了啦！」

男子大笑而去。

圓圓爸認出了那男子，十年前轟動全國的連續劇的男主角保鑣，那時他們軍中天天八點不到就擠滿了康樂室等著看他，沒想到他現在發胖了，且淪爲二路生，但是見他這樣奉迎圓圓，圓圓爸重又興起，振振精神來替圓圓做好公共關係才是。圓圓爸又把那包ＫＥＮＴ掏出來隨時備戰。

此時秀秀已替圓圓整個上好妝了，打圓圓一記屁股：「圓大牌啊，什麼時候給我張畫了符的相片吧，我兒子天天吵著要。」原來他們製作單位替不會寫字的圓圓設計的簽名就是畫兩個圈圈。圓圓爸忙迎上一張誠摯的笑臉：「那一定那一定。」

導播和上好妝的演員正式進棚已經是三點半了。導播先召集齊演員，說一會兒這兩集的劇情大要，圓圓媽也陪著圓圓幫忙聽著記。

圓圓爸無聊的四處閒盪去。這一號棚是最大的，平日只給錄大型的綜藝節目，這回是他們要連趕錄兩集才協調來的。這一搭就五六個景，圓圓爸剛逛過一家大戶人家的正廳，太師椅上的灰有半寸厚吧！怎麼坐得？！書架上擺的大花瓶竟是塑膠的，眞是被子孫敗掉了的人家，奇怪上了鏡頭又都富貴照眼，圓圓爸無來由感慨起來。

出了大戶人家的大門，居然當門半爿客棧，牆角幾個大罈上皆書了各式酒名，圓圓爸無聊的默唸一遍便出了客棧逛下家。原來是一家竹籬環繞的民房，圓圓爸推了竹門進去，滿園的枯枝萎葉，圓圓爸正打算從旁門進去，只見屋裡床上一名女子正背對這裡坐，打著兩條辮子的頭低低的，圓圓爸無來由的心一動，不由的走前去，手撐著的牆微晃了晃，女子聞聲轉過頭來，見圓圓爸正緊張的縮手，笑起來，點點頭打招呼，圓圓爸心一陣亂跳，勉强先擠回一個笑，怎麼才在想著就見了呢？一樣黑白分明的大眼睛，疏疏長長的瀏海直覆眉毛，笑起來會更抿緊著的嘴，只差翠翠從來沒穿過這麼好看的衣裳。

「不趕快背熟，待會兒導播——」她先揚揚手中的本子，邊說邊做了一個兇神惡煞的表情，隨即又笑起來，又抿嘴，怎麼可能？圓圓爸看傻了。

「你是新來的？跟廣仔他們一塊兒的？」她偏偏頭，想躲掉他的目光似的。大概錯以爲是小劇務吧。

「我是家寶，呃，圓圓的父親。」

「噉——，你們這寶貝兒子好厲害，下回我絕對不敢跟他接同一齣戲，全被他搶光啦。」女子邊做個大徹大悟的表情邊朗聲笑道，站起身來重又跟他打招呼示禮，見她錦緞短襖下竟是舊舊的牛仔褲和球鞋，是呀，怎麼可能！圓圓爸忽然很放心，才來得及想想，這大約就是女主角王嘉吧，圓圓媽常說有多漂亮的，臉還沒上妝，跟電視上並不像，但這樣也好，就不是大家的了——什麼跟什麼嘛，圓圓爸忙謙笑著向王嘉告退，走走仍不捨的頻頻回首，王嘉仍坐在床沿背劇本。翠翠與西廂房……圓圓爸自己敲了自己一個腦袋。

圓圓爸被喊醒時正睡得迷糊，一時不知身在哪兒，只先喊了一聲翠翠，然後幾盞大水銀燈太陽一樣的聚著他照，他睜不開眼的奮力掙起身，聽到有人在罵：「王八蛋哪不好挺屍，快快快，導播說錄完這場才放飯！」

他下了床，走沒兩步被地上的粗電纜絆了一跤，整個人趴在地上，稀落的笑聲裡，一個女人的手攙他起來，他喊一聲翠翠，抬頭一看是圓圓媽，整個才清楚想起下午看他們錄影看得睏了，就到那廂房翠翠坐過的床上躺一下，沒想到一覺睡到現在。

問家寶呢？圓圓媽用眼睛示意床上，他隨目光看去，家寶正一身光鮮衣裳的與唐小偉在小聲對詞兒，他忘了其他的叫聲：「家寶！」並揚揚手。家寶無表情看看他，又轉回去與唐小偉說笑。身畔的圓圓媽小聲跟他解釋劇情：「家寶在這場戲跟唐小偉換身分，因爲唐小偉家的仇人要來綁架他，家寶見義勇爲跟唐小偉換穿衣服代他受罪。你看家寶穿了好衣服好看不少噢！」

他望著强光凝聚裡的家寶，忽然只覺得很光采很感動，不禁向前走近幾步，「現場不要走人！」現場指導大喝一聲，他聽出是剛剛罵他王八蛋的那人，便安分的立在原地，「媽的那什麼人擋了 camera two，拜託拜託有點神經好不好？」

他咚咚咚的一股腦退後去，黑裡臉轟得燒上來，好在沒人看見，但是這樣一個匆亂裡，他清楚的看見和聽見唐小偉問家寶：「那是你爸爸啊？」家寶睜大著眼睛看唐小偉，半天，低下頭去搖了搖頭。

這場戲圓圓破例NG了兩次才錄成。七點半了才放飯，衆人邊發牢騷邊去拿飯盒。圓圓爸這時又不知怎麼好了，圓圓那頭已有劇務把便當和湯盛好遞上了，圓圓媽也拿了兩個飯盒過來，一個給他，他忽然覺得所有人都在看他，便躲蛇蠍似的推開它。圓圓媽溫柔的坐到他身旁，把飯盒擱在他腿上，他僵硬著身子和語氣道：「沒我的份兒，我去外頭吃。」

圓圓媽安慰著：「他們算得很鬆無所謂，像王嘉他們都是家裡送飯，不吃這個，有多的沒關係。」他覺得全棚裡的人一定都在看他了，便硬著頭皮抬起頭，只見東五個西六個的都在埋頭吃，只有遠遠那頭家寶正怔怔的在看他，一碰到他的目光又迅速掉回頭去和唐小偉歐陽大俠他們邊吃邊鬧做一堆。

他這裡面向牆壁的打開飯盒，寂寥的吃起來。

此時棚門口一陣騷動，圓圓媽低低說：「是製作人來了。」

一個高大中年胖子很海的笑著向四下招呼：「這裡有一箱布朗咖啡給大家加油，來來來自己用，辛苦辛苦。」

眾人都隨話湧上，三五個打火機一起卡嗤卡嗤點燃，圓圓爸在這裡手握著打火機鞭長莫及的看得很灰心，暫時放棄了做公共關係。

熱鬧一場後，唐龍標攜著唐小偉走了。圓圓媽說：「人家天生就那個命，天天打牌不管事，檔檔戲卻都大賣錢，女朋友跟車子一個換一個。」圓圓爸卻盯著家寶看，家寶正目送唐小偉遠去，不知怎的，父子倆相隔遙遙的一起呼了口大氣。

這時候王嘉也吃完了，正坐在椅子上由秀秀補妝，看到他了，閃了一下眼睛算招呼，薄薄尖尖的臉給化得很好的氣色，圓圓媽輕嘆口氣：「好好的女孩子自己糟蹋掉了……」

「翠……王嘉她怎麼了？」

「她跟剛才那個演要殺唐小偉全家的那個刺客好過一陣子，可是人家戲裡是配角，私底下女朋友一大堆，對王嘉根本不認眞，前一陣還老在公司裡跟那個專門穿低胸禮服的小歌星抱在一起走，王嘉就是爲了這個這樣過，」圓圓媽做了個割腕的動作，「好在救過來了，還是死心眼，不信你注意她看那殺手的眼神，人家即使愛過她也會給嚇到，我覺得她頭腦有時候都不大正常，不信你看她的手腕，還有一道疤……」圓圓爸很不習慣一向在家安安靜靜的圓圓媽這麼多話，愈聽愈無來由的生氣，忍著心裡一句一句的狂喊：你就讓著她點行不行？……他常想著若有那麼一天，翠翠跟大家寶都團圓了，可要如何處好這兩家人，圓圓媽自是得尊翠翠爲大的，而記憶中始終把翠翠停在十八九歲，圓圓媽更是應該護惜妹妹似的疼翠翠，怎麼可以這樣說翠翠的壞話呢？

圓圓爸很不高興的放著仍在叨絮的圓圓媽不理，心疼的看著王嘉，王嘉妝全補好了，正抱著家寶兩人手抓手的玩兒，一旁的兩三個記者鎂光燈一閃一閃的給他們拍照。翠翠與家寶。他忽然兩眼一熱，幾乎要衝上前去抱住他們，抱回這空掉了的三十年。他才要舉步，只見記者收了相機，王嘉與家寶也立時歇了手收了笑各自走開了去，圓圓爸大大悵惘極了，簡直不能相信本來馬上就能抓回的那妻那子怎麼就生生的平空在他眼前消逝掉了？

圓圓爸正不甘心的奮力起身，卻見圓圓媽和那現場指導擋到跟前來，說了一番話，意思是演今晚上一場戲裡的店小二跟朋友鬧酒醉倒了來不成，現場無人只得求問圓圓爸能不能代一下。圓圓爸聽了嚇壞了，忙搖手推辭，那現場指導卻一連串好話，什麼有其子必有其父，圓圓爸必能勝任愉快，又且戲只短短一兩分鐘，臺詞兩句背都不用背，圓圓爸想這現場指導一定沒認出他就是剛才那個王八蛋、挺屍的和沒神經的，便膽氣壯了些，又加上其他一些演員也前來吆喝鼓勵，弄得眞成了沒有他今晚兒就拍不成戲的局面了，圓圓爸只得答應了，由秀秀領去打扮上妝。

結果是最後才錄這場戲，他也不及去看王嘉與家寶，自己躲在角落裡反覆著兩句詞兒「我警告你少管閒事！」「我是孩子的爹！」背得太爛熟了，反而一個一個字獨立活出來，亂蹦蹦的彼此間並沒有必然關係得在一塊兒的不聽他管束。

到要排戲了，圓圓爸仍背不妥這兩句詞兒，心慌意亂想向家寶前輩求救，家寶卻一味得只顧跟歐陽大俠笑鬧，完全不顧不看他，他忽然對一切都膽怯起來，不知日後在家可還下得了手管家寶，想不了那麼遠了，先度過眼前這一大劫再說。

是一場很短的戲，但有打鬥場面，再加上他是生手，導播特別仔細的說了戲，是這樣的：圓圓爸演的是敵方的爪牙混進客棧裡扮店小二的，這場戲裡便是由他一開始硬抱走圓圓，然後男主角歐陽大俠突然現身的阻攔他，這時圓圓爸必須扮極兇惡的神情喝道：「我警告你少管閒事！」歐陽大俠正義凜然的冷笑一聲：「光天化日之下擄人算哪門子閒事？」圓圓爸就得厲聲答道：「我是他爹！」並要抽出短刀來，圓圓此時要掙開他喊道：「你不是我爹！你不是我爹！」然後王嘉及時在身後敲掉他的刀，一掌把他打昏在地上，歐陽大俠提劍上前，劍鋒直抵他的咽喉，然後——廣告。

導播跟他們說了一遍該走的位置，圓圓爸會意的嗯嗯點頭卻腦中全然空白，圓圓暗裡跟歐陽大俠你一拳我一腳的纏不完也不知都聽進沒?兒子不可靠，圓圓爸環視四周，卻是燈光太亮，燈光外黑漆漆的不知圓圓媽在哪兒?

「好，我們來走一遍。」導播往後退了退，一彈指示意三人開始。圓圓爸抱起圓圓，這不難，歐陽大俠出現並上前擋路沉沉的問一聲：「你做什麼?!」圓圓爸著他一問一瞪，訕訕的答不出話，楞在當場，導播一彈指，再示意重來，並叮囑與歐陽答話時要面向 camera one，別讓家寶給全遮掉了。

圓圓爸放下家寶重新來，這次還順利，臺詞都安全上壘，只圓圓嚷道你不是我爹你不是我爹時，圓圓爸楞掉了，被圓圓眞實的表情嚇呆了，忘了拔刀，王嘉也就配合不上。導播爲求保險又再走一次，這回都順了，只是圓圓爸仍被圓圓那一串嚷聲喊得心痛回不過神來。

「好，我回到副控室，現場準備，我們 Re-(herse) 一次。」導播說著就走了，也奇怪並不怎麼琢磨他的表情演技。圓圓爸愈發緊張，完全不知道正式演起來時的速度節奏，王嘉卻好像知道了他的大疑，在他身後輕輕告訴他：「攝影機上的紅燈一亮就表示它正在拍，你對它做戲就好，不要擋到別人，也別給人擋，嗯?」睜著大眼向他一笑，抿著嘴的，他看了極放心，好翠翠。可是眼前這圓圓卻是不認爹爹的，他看看圓圓，圓圓正一身光鮮衣裳的玩著歐陽腰際的劍，始終不看他，而自己呢？一身店小二打扮，頭上繫條不倫不類的汗巾，逢人蝦腰作揖，涎著臉求人，小眼睛一轉就是寒酸又歹毒的念頭，難怪圓圓只跟歐陽大俠而不認他這親爹爹！

「現場安靜！」現場指導倒數秒了，……三、二、開始了！圓圓爸一把抱起圓圓，怎麼千斤重，歐陽逼上前來，他氣弱的扔出那句：「我警告你少管閒事！」隨後歐陽的一聲質問把他弄得渾身冷汗眞是擄人小孩做了傷天害理之事，他更微弱的抗議：「我是孩子的爹……」然後被圓圓一連串的叫嚷轟炸著，不用王嘉出面敲他，他已經差不多要倒地了。

「導播說可以了，正式錄。……店小二拜託兇一點行不行？還有倒退時別退那麼多，camera one 捕不到你，two 帶你要帶出牆穿梆了。」

正式開錄。

五、四、三、二、紅燈亮。圓圓爸忽然被那紅燈亮晃了眼，張口結舌立在那兒，也忘了抱圓圓。

Cut！重新來。歐陽大俠大大的打了個呵欠，圓圓爸滿心歉意的朝四下笑著，但沒有人接收。

五、四、三、二、紅燈亮。……圓圓爸著歐陽大俠一瞪一喝，囁嚅著：「我，我是家寶的爹……」

Cut！

拜託拜託店小二，合作點大家好早回家睡覺嘛！歐陽大俠不耐煩的在抖腿了，王嘉也有打呵欠之聲，仍敎他：「我敲你時你往桌邊站點，camera one 就能全部照到我們三個了。」好翠翠。

五、四、三、二、紅燈亮。……圓圓大嚷：「你不是我爹你不是我爹！」亂中無情的眼神匆匆看過圓圓爸，圓圓爸呆掉了，掉出眼淚來。

Cut！

「拜託別那麼入戲好不好？想拿金鐘獎啊？你不是他爹何苦認眞？呃我是說戲裡你是店小二，又不是演他爹。……媽的這死店小二害慘人。」「什麼意思嘛！三點了我明天還得下高雄，睡眠不足上臺啞嗓子唱什麼！媽的我演這無情刀已經夠賣唐某的面子了，戲少錢也少，還替人跨刀！」

圓圓爸聽歐陽大俠已要罵到圓圓了，忙朝四下打恭作揖告罪。淚眼裡看不清家寶。——家寶啊……

五、四、三、二、紅燈亮。店小二兇猛的與歐陽大俠爭奪小少爺。把歐陽大俠身上的瞌睡蟲給一驚而散。王嘉女俠也矯健靈活的奪刀，砍昏店小二，店小二倒在地上，歐陽大俠提劍而上，閃著青光的劍鋒直抵店小二的咽喉——圓圓撲通一聲跪倒在店小二身邊，仰臉哀哀求饒：「求求你不要殺他，他是我爸爸，他是我爸爸啊！」圓圓放聲大哭……

Cut！現場指導摔了耳機走了。

歐陽大俠擲了手中長劍，邊脫戲服邊罵：「媽的媽的說什麼老子都不錄了！」

導播在副控室罵助導，明天開天窗吧！操他媽開創臺以來的紀錄。

王嘉牛仔褲球鞋的走了，臨了，回首看一眼那好奇怪的店小二。

「關燈啦！還不走！」燈光師傅早走了，小弟打著呵欠催促著。

空空曠曠的大攝影棚重又冷清安靜了，不留心看，是看不見那中間抱做一堆的小小三條人影的……

——七十六年六月，時報出版公司，「台大學生關琳的日記」

年輕出擊

民國四十八年生，台灣台南市人。國立師範大學國文系畢業，現任教建國中學。著有小說集「藍色多瑙河」、「泥河」、「牡丹鳥」、「孤獨和年輕總是睡在同一張床上」、「燃燒的天」等；其中「牡丹鳥」並改編成電影。

陳　燁

◉江寶釵

充滿行動張力的沙河之流

陳燁印象

每見陳燁，總讓我想到河流，滯緩的沙河之流，充滿行動的張力，傾訴的願望。許多時候，陳燁能談天，而且善於談天。她彷彿一直有話說，如河水之濾過沙石，一路叨叨。同時她也不輟地在做，灌溉耕田般地寫作。

陳燁結集了兩本中短篇小說：「飛天」與「藍色多瑙河」。前者敷陳了她對校園倫理的思索，她自己說記錄性的意義遠大於其他。即使如此，我們還是看到陳燁捕捉問題的敏銳，刻繪問題的貼入。比起「飛天」，收錄在「藍色多瑙河」的諸作，明顯呈現了一個較爲廣闊的視角，較爲曲複的景深。也許因爲各篇經營的時距頗大，風格迥變。「終站之前」成於大二，與最近發表的「藍色多瑙河」相隔八年，酌量品質，從「終站」的刻露生澀、「春江」纖麗濫情，經由「天堂的小孩」圓融自然，到「玻璃千」、「藍色多瑙河」酣暢淋漓、毋寧是一長程的路途。

陳燁的書更讓我深深感覺她是一條沙河，滿懷重重心事，映耀著陽光的波粼，娓娓傾吐她曾經的生命。而這河，具有著台灣河流的特徵，是枯溪型的，情緒高漲與低落，乍歡遽痛，都大起大伏，大開大闔，披露在作品裡，有時便泛流著一些多餘的情緒。這其間，「我」的存影是很具體的。當她運用全知觀點，採取一種較抽離的態度處理素材，獲得相當成功的作品，如「天堂的小孩」（嫉恨殺人的三哥）、「玻璃千」（沉迷大家樂的四哥）、「藍色多瑙河」（政治犯大哥），悉數涉入她的家族與身世。

或許可以這麼說，家族身世構成她源源不絕的寫作動力，也是她最初寫作的原因。父母奇特的結合，錯綜的親族，沒落的家世……，異姓兄弟與她歲差最近的，也有十歲。他們雖然於她疼愛有加，在挫折沮喪時不免拿她做爲情緒發洩的對象。於是少女的陳燁充滿了憤懣與孤獨。她恨父親、母親……，恨自己生成的模樣，自己的性別。看書是孤獨的療劑，而寫作，是尋求心理平衡支點，調理情感癥結的手段，接近快樂的途徑。「快樂是什麼呢？」每個人有不同的答案。陳燁說，快樂是心靈剎那間的澄明。

陳燁十歲前後那兩、三年，緣著逃債，父母帶她在鄉下度過。典型而平凡的農村景觀成爲歲月磨滅不了的生活經驗。竹林裡的遊蕩，阡陌上的奔逐。瓦厝裡充塞了雞圈、豬籠、羊欄等各種腥羶。有一天，院子裡來了一個人，自稱是她大哥，她仰臉看他，在陌生與熟悉的臨界點上，她眞正感到命運撥子的劃動。這個因爲政治牢獄遭到家人刻意遺忘的大哥，帶著她跨入心靈感受的新領域。

成長後大量吞嚼文學作品，她最喜歡馬奎斯。雖然馬奎斯未必是拉丁美洲最好的作家，有些時候，阿根廷包赫士、秘魯雷薩更具擅場，但馬奎斯筆下織結家族傳奇，從而醞釀的生命情調，通了她生命深層的內容。

如許多人所知，陳燁有很長一段時間沉溺於電影世界，爲報紙撰作電影筆記。她腦海中收藏了林林總總的映像。這些映像有的成爲她創作的靈感觸媒，有的啓發她處理素材、建立架構的技巧。太多的好電影使她難忘，柏格曼的「野草莓」是一定要提的。老醫生前往領取榮譽醫學博士，漫長的途程，他開始回顧自己一生的情感偏執、頑固愚昧。他始終責怪別人，充滿仇恨，最後他承認錯誤，原諒別人，同時自己也獲得寬解。身世所帶給陳燁的痛怨，應該由這般寬容的省思來化解吧！

當我聽著她說幼年，付幾毛渡資乘竹筏直驅安平古堡、億載金城，漁船遠遠嵌在一色海天裡撒網；有一回站在岸邊人牆的罅縫裡，看著一具屍體浮起，泡得腫脹蒼白，像發酵後的麵包，四面浮動的喧譁刹那間沉下去，停在沉默之底線。運河伴著她成長了好些年。搬家遠離市區，不知爲什麼，父母仍然讓她通車三小時去唸新南國小，就在運河邊的一所學校。放學後，她學畫，由美術老師帶著站在視野最美的教室，眺望金色陽光在河上修剪片片帆影。另一岸有魚塭畦畦，偶爾魚兒突躍……。我的想像彷彿也跳上竹筏，跟著她航向那段遙遠動人的記憶，領會易感的心脈如何跳動。

運河啊！陳燁永遠的鄉愁，始終是台南府城的象徵。府城人的歷史、智慧、淳質構成了特殊的地緣風格，對陳燁影響重大。這種地緣風格因一場隱晦的政治風暴蒙上陰影。大學志願卡上原本要塡法律、政治的陳燁，遭到莫名的熾烈反對。爲什麼？父母也說不出所以然。因爲許多人詭譎的失蹤，因爲大哥的政治牢——那是很早前的事了，府城人也明白。只是政治、法律長久地成爲府城人的禁忌。歷史的創傷在幽暗處猶未痊癒。過去的是非並不重要，重要的是悲劇如何不重複發生，人如何確立生活的尊嚴。特殊的地緣與背景，使得陳燁去省思著作，「忠實地記錄這塊土地上的人們，曾經如何努力的生活」。「霧濃河岸」、「泥河」、「明日在大河彼岸」是陳燁策畫結集的作品，就是在這樣的動機下醞釀誕生。

——七十八年二月，文訊四十期

〈附錄〉

用生命寫小說的人

◉魯子

陳燁側記

每年到七、八月放暑假時，陳燁的朋友們總是為找不到她的蹤影而苦惱——她似乎蟄居在台北的家中閉門讀寫，又似乎在台灣這塊美麗島嶼到處探訪；然而，中正機場的出境旅客名單上總有她，華航班機則將她載往世界各地，這段期間，她的朋友總會不期然接到國際長途電話，也許她在曼谷機場、大阪城、巴黎香榭大道、愛丁堡，或者瑞士登山鐵道的入口茵特列根。

陳燁體受了爪哇、蘇門答臘、馬來半島的南洋風味，那莽莽雨叢的熱情在她心中激越起來；她也同時遍遊大英帝國及歐陸，那理性哲思的文化氣息在她心中積澱，而浪漫、奔灑的藝術精品衝擊著她的靈魂。八九年夏末，陳燁甫自東瀛歸來，對日本的精雅幽美有更深一層的感動。什麼因素使陳燁如此酷愛旅遊呢？她說：「旅遊豐富我的生命；對我而言，這是一個追尋夢境的過程。」陳燁自小即有個夢想，要踏遍世界的每一個角落；因此，她高中三年把地理讀得特別好，在書卷裡神遊成了她憂苦少女時代的最大慰藉。考上大學第一志願後，陳燁開始小說創作，在文字的廣闊天地中尋找自我的定位。「寫作和旅遊，是我完成人生的兩種手段。」陳燁認眞地說。

許多介紹陳燁的文章，總著迷於她繁複錯綜的家世背景，或者勾繪她作品的政治觀照與社會批判；再加上她一直從事教職，很容易予人嚴肅的印象。事實上，陳燁到底是怎麼樣的人呢——「我很輕鬆、浪漫，也很深沉、實際；我非常活潑、隨和，也非常文靜、孤傲。我既是個喜歡綺想的女孩，也是個豪氣粗率的男孩；我同時是個風情嫵媚的女人，和歷煉塵世的男人。」陳燁說，她用生命寫小說，不只要做女人，更要學做男人，把自己幻化到每個小說作品的角色裡，她經常給人莫測高深的感覺，實際上她的內心非常溫暖，情感豐沛。她很健談、熱愛朋友，因此有很多不同性格、職業、教育程度的好友；而這些朋友，又提供她源源不絕的創作素材，激發她向人性的深層挖掘探索。

「可是，做爲我的朋友實在很辛苦，他們都得付出無限的包容與寬諒——尤其看到自己成爲作品的原型人物時，普通人是很難接受的。」陳燁坦承：創造者與其周邊人物、環境互動的關係，經常存在著非常吊詭的人性辯證。

——本文原載「牡丹鳥」一書，七十八年十月，派色文化出版社

〈附錄〉

◉葉石濤

談陳燁的「泥河」到「燃燒的天」

我認識陳燁的時候，她雖然很年輕，但已經是在文壇上占有一席之地的成名作家，並非正在掙扎中努力形成自己獨特風格的無名作家。那時候，我讀到的她的小說作品並不多，大多是散見於報刊雜誌的短篇小說，後來這些中、短篇小說都被收進她的短篇小說集，分別是「藍色多瑙河」、「飛天」以及「孤獨和年輕總是睡在同一張床上」。

這些中、短篇小說少說也有幾十篇，不過，我並非全部讀過。讀了這小說羣，我多少認知了她的小說世界。大致而言，她的創作路線及寫作模式業已確定，她已樹立了自己的創作風格。乍看她的小說紮根於現實的生活情況，是非常寫實的。但她的寫實主義風格卻不同於老一輩作家的生活化；裡面常隱藏著某些曖昧、不確定、動搖、混沌的部分存在。這種深層心理的夢魘，有時候衝破了寫實主義的藩籬，使她的小說呈現夢幻的、血腥及神秘的外表。如何地統合客觀的現實觀照與內心世界的夢幻熔爲一爐，當是她未來創作亟待克服的課題吧？以她精湛的文字修養而言，她在這方面要努力的地方並不多，重要的還是在於創作理念的釐清與加深吧？

她的長篇小說「泥河」，可以說是她的代表作之一。小說是台南府城的世家「林家」三代的故事。故事的時間很長，從日據時代林家祖父一代如何地聚集財富獲得殖民地政府的「紳章」頒發開始以至於戰後不久第二代人遭遇的二二八屠殺，邁入資本主義社會的八〇年代的第三代的離合悲歡。「泥河」這本長篇小說是一九八九年二月出版的，剛好碰到解嚴以後臺灣文學雪融時代。因此，「泥河」中描寫二二八的部分特別引人注意。

其實「泥河」的寫作目的並不在於挖掘臺灣歷史中的傷痕，陳燁所企圖的是以一個家族的生活史來反映時代、社會的變遷。大凡有歷史意識的作家所寫的長篇大多如此，這也不算什麼。問題在於陳燁的小說都由同一個源頭如泉水般湧出，這似乎是一種「情結」（complex），始終盤據在陳燁的潛意識裡，所有她的作品，是這情結的闡釋、辯解或抗拒。這情緒來自於放蕩的父親與受苦的母親，這糾纏不清的關係。而這受苦的母親至死愛著跟她老公剛相反的高貴的精神上的情人。

每一個家族都多多少少有醜聞或衝突、傷痕。但生活永不停息的大河會席捲而去。陳燁小說裡的這種傷痕卻永不會消失，不斷的出現在她底小說的片斷上。

一般說來，屬於「泥河」這一系列的小說的寫實風格較重。雖然她的寫實已不是老一代的寫實，頗有後現代風格，但仍保持了較客觀而冷靜的觀照。這可能是她的兩個寫作傾向之一。但是在她的小說世界裡，始終有蠢蠢欲動，剎那間會噴出來的深紅火焰存在；那是已打破寫實框框的對人性中最原始的諸多欲望之間的衝突、拮抗和矛盾。

我可以預期她的下一部有野心的作品，一定會摒棄寫實。她的小說底寫實體系逐漸會解構，她將會建構完全不同於以往的嶄新面貌的小說世界，這小說世界將紮根於八〇年代臺灣社會裡，反映了臺灣現代社會裡人欲橫流的人們深層心理的夢魘。她將驅使八〇年代臺灣文學慣見的諸多前衛性技巧去完成她的寫作意願；那便是後設小說

（Metafiction）、魔幻寫實，時間與空間的錯綜網脈以及精神分析等各種技法。這種多角度的手法固然能有助於實現她的表現，但是寫作技巧只能給她帶來社會表象活脫的描寫，但缺乏某種觀察社會表象的深刻的哲學性啓示的帶領，很可能使她的小說墮為美國現代通俗小說如哈爾特·羅賓似的庸俗；簡言之，她的小說將免不了「性與暴力」的實驗報告。唯有對臺灣歷史、社會、時代的變遷有深刻的認知，才有可能免除某種庸俗和頹廢。

從一九八八年冬天直到一九九〇年冬天，我陸續讀到她發表的「燃燒的天」五部連作；依次分別是「天窗」、「天門」、「天牆」、「天城」以及「天路」。

正如我所料，這些小說羣中寫實主義手法已經解構，她採用的是頗後現代的各種技法。而最重要的一點就是她探索的並非社會現象制約下的人們心理，反而是從人的內心心象去透視及反映社會變化。這五篇連作中，小說中的情節重疊，故事分崩離析，時間與空間跳脫不連貫。通常我們唸小說的方法都無法適用了。即令如此，我們仍然可以看得出這五篇小說圍繞著幾個重要環節而展開；主要是現代小說未可避免的主題「性與暴力」。以「性」來說，「天窗」講的是「亂倫」；「天門」是「雜交」；「天牆」是「同性戀」；「天城」是「性虐待狂與被虐待狂」；「天路」是「性無能」。其次，以

「暴力」而言，「天窗」是「自殘」；「天門」是「弒義父」；「天牆」是「殘人」；「天城」是「殺妻」；「天路」是「弒養母」。

陳燁在這五篇連作裡，敢然向所有以往的臺灣小說的主題、創作方式、結構、佈局、觀念挑戰。小說世界的血腥和背德令人怵目驚心。這是很難令人接受的以前沒有作家敢嘗試的嶄新領域。

讀完了這五篇連作，我憂喜各半。我憂慮的是陳燁的這些小說羣，固然開拓了以往臺灣小說未曾有的新領域，也多少反映了現時臺灣民眾心象的夢魘。但是這觸目驚心的嗜血性的表現方式，是否只表現了人性畸型的心象特殊的一層面，而放棄了普遍善良人性的關懷和凝視。如眾所知，最好的作品必須兼顧人性的各個層面，過份强調畸型心象而忽略了善良人性，可能失去小說呈現人性共相的意義。

喜的是陳燁能從寫實的念咒走出來，邁入更廣闊的世界。這有助於她將來建立更成熟而完美的小說世界。她將可以統合她寫實與超現實的兩條截然不同的創作路線而熔於一爐，創造更眞實而精細，外面世界與內面世界整合在一起的接近人生存現實最逼眞的小說世界。

——本文原載「燃燒的天」一書，八十年五月，遠流出版公司

〈陳燁作品〉

羊與盾牌

那是窮，
窮使父親操勞早死，窮使他受盡屈辱，
使母親固執地病倒老厝猶詛咒他的不肖。

他對著落地穿衣鏡，足足站了一刻鐘。像個癡樸的小男孩眺望大海的紅夕陽，他的焦點盯住頸間繫結的「皮爾卡登」牌紅領帶，企圖掙脫出龐大困惑的壓迫。那套剪裁合身、高貴的「波許」牌西服，固然使他五尺三寸的身量修長不少，更重要的是鼻樑上架著的蔡司鏡片、迪奧鏡架的平光眼鏡，襯托出他辛苦攀爬金錢高峯後的質感非凡。聖羅蘭最時新的淺綠條紋襯衫，萬寶龍金筆，伯爵瑞士一級名錶，花花公子牌襪子，歐克蘭進口義大利羊皮鞋，加上左手無名指上一顆尼泊爾級兩克拉的藍寶石，完全標誌了他這個中產階級新貴，在物質世界征服的成就。

再過一個多小時，他將走進另一家規模更龐盛的企業大樓，坐在專屬他的經理室，領取比原來公司加倍的薪水，和優渥的紅利。如此不出一年，他多年夢寐的法拉利跑車一定到手，有香車還怕沒有美人嗎？而且，眼前這輛蘭吉雅還可折個六十多萬，正好拿來買幾張基金股做中長期。一切順利若登青雲，他的身心應該充分滿足才是——然而，從昨晚夜夢醞釀出的困惑一直侵擾著他，此刻，正隨著逐漸繁忙的市聲湧進他的意識裡，他感到自己正站在這個困惑的中心點上。

鏡中浮浮翳翳的光鮮人影，似乎有點蒼白，有點倦態，有點灰頹。他怔愣著。這怎麼說都是成功者的早晨，灰雲掩抑不住的晴麗陽光，正投射在他微禿的額頂，往常這時候他已經鬥志十足出了門，在麥當勞吃營養早餐。他仍然怔愣著。這不是他第一回跳槽，雖然高薪一直是誘因，但工作挑戰性的激化深化，才是他施展能力的證明，這種征服慾的滿足，非關乎金錢；至少，金錢只是隨來的酬報而已。

他忍不住歎了一口氣，空氣中瀰漫著膽怯氣餒的意味。那困惑簡直像即將爆發的火山，準備橫衝直撞襲捲他多年寧靜的心野，教他憂煩不已。

從大廈電梯下到地下停車場，他盡量對著電梯內明鏡督勵自己，至少裝一個昂揚朝氣的表情出來吧。結果，他齜牙咧嘴跨出電梯門，管理員小張看來一副詫異的樣子。「早，黃先生——」小張操縱升降機，好把他的蘭吉雅平放到地面來；他買的是二十坪單人套房，配備到懸空鋼架的上層停車位。他把車鑰插進電門時，小張和善地靠到車窗來，對他睞眼說：「您該不會鬧牙疼吧？對面巷子第三家新開了個牙科診所，年輕女醫師，技術好，又漂亮，還未婚呢！黃先生，您不妨……」「謝謝。」他簡潔點了頭，把車開向擁擠的台北街道。

他一路無思無緒，完全機械操控反應。抵達新公司時，他錯愕了一下，原來今早的用餐時間被忽跳過去，以至於他停好車走進玄關大門時，整棟大樓闃無人聲。電梯上升到七樓，他腳步有點懸浮地走進掛著金字名銜的專屬辦公室，「黃冠倫」企劃部經理室坐西北朝東南，正好可以吸收台北難得的陽光，這點是最令他滿意的——他成長以來，始終相信陽光會給他帶來順旺的好運道。他看了一眼這間三坪左右的辦公室，一切符合他要求的俐落、雅緻，海藍底色的室內空間傳遞開闊的氣息。嗯，他滿意地坐進高級小牛皮進口旋轉椅上，打開中央大抽屜，兩盒嶄新晶雪的名片印著他的燦耀新頭銜，一整套西德進口高級文具，外加一顆仿黃玉的獅頭印章，產自大陸的國寶級印泥，樣樣配合他高品味的要求。

他總算舒暢地吁了一口長氣。有什麼好困惑的？他對自己說著激勵的話：弱肉強食，這是天擇，畢道他是爲了求生存。這一來，他倒覺得有點餓了。看看腕錶，八點四十分，現在去吃早餐顯然太晚，那麼——他在室內踱了幾下方步，決定到秘書處看看有沒有即溶咖啡包，喝杯速成咖啡也好；在他的理念世界裡，營養、健康關係到事業精力的培蓄，有吃點什麼就會吸收、轉化，他不能沒有活力來源。

秘書處案牘堆積，櫃子貼牆站成一整排，全都上了鎖。他空落落用眼神四下搜視，不見任何和吃食有關的擺設。唉，他悵憾退回經理室，坐進旋轉椅，瞇著眼瞪視墨色隔音厚玻璃外藍墨的天空。想想十點鐘的會議吧，他必須做長達二十分鐘的情勢分析，好讓這家公司的大老定下心，去併購他原來服務的那家公司產業股分，做爲他高薪及預支二十萬現金的回報。他開始像打坐者進入意志控制肉身的「強迫自勵法」。

但隱隱約約有一把火，正慢慢燎燒他的胃囊，悶悶的痛楚伴隨輕微的抽搐，以打嗝的哼聲騷亂他的意志。

一個四野霧黑、稻浪翻飛的景象閃進他腦海裡。他又看到那個坐在田埂上六歲的自己，骨瘦如柴的小手拚命抓拔埂邊青草，嘴角喃喃嚼著草末；父親兀自在稻禾中割採，母親揹著小弟屈蹲在一旁打穀……他猛一下睁大眼珠，雙手不自覺揮掃，想要抹去這根深的夢魘記憶。那是窮，窮使父親操勞早死，窮使他受盡屈辱，是那三分祖傳地使他幾幾乎翻不了身，使母親固執地病倒老厝猶詛咒他的不肖。他重重連搖了四下頭，阿母，我這是求生存——一陣突猛的胃肌痙攣打醒了他。

饑餓！他詫異於今早的自己，竟然如此饑餓。

室外似有人聲動騰，他再看一眼腕上名錶，九點十分。要不要喚秘書給他弄點吃的？不行，剛上任第一天，如此餓煞形象，有損身爲主管的威嚴！沖一杯咖啡而已，應該稀鬆平常，咖啡只是飲料——他瞪著腕上價值不菲的名錶，突然恨不得那是一個漢堡，一顆地瓜也行啦。

「報告經理。」門口有人敲響了。

他興奮抬起頭來，有希望了。「進來。」

一個高䠷、輕盈的甜美女秘書抱了三本卷宗，娉娉婷婷來到他桌前。「報告經理，我姓方，是您的專屬秘書，以後您有任何需要，請吩咐下來。我負責速記、英打，爲您安排行程表，還可代您處理一些瑣事，諸如布置辦公室、招待客人，或者爲經理夫人訂歌劇院戲票等。」

「嗯，妳做得很好，不過，」他清清喉嚨，饑餓使他神志有點混淆，這女孩多像他的青梅竹馬美秀哩。「方秘書，呃，我並未結婚。」

「哦，那也沒關係。」她做出一副完全了解的表情。「我一樣可以代您女朋友訂電影票，預約度假住宿等等事宜。經理，您身擔大任，這種小事交給我辦理就可以了。我絕對是保密防諜的，請經理放心。」

他想說些什麼澄清的話，一陣痙攣又打擊上來。「好了，方秘書，我——謝謝了。」

「對了，經理，今早十點的會議要提前，九點半準時召開，在九樓第四會議室，極機密。我不跟去做紀錄，請經理準備動身，還剩五分鐘。」

「怎麼會提早？」他脫口說著，連喝咖啡的小小希望都泡湯了。

「聽說是董事長的千金從巴黎回國，他們一干人要趕去桃園接機。這次千金小姐是代表董事長回來視察業務的，還聽說她準備經營飯店和百貨企業呢。」

「哦——」他思索了一下，暗暗替自己捏把冷汗——這個方秘書似乎無所不知，嘴巴快利，該不會是商業間諜吧？他從前待過的公司就經常有這種疑竇，弄得大家工作起來倍增困擾。

「經理，請問您有沒有什麼事要我先行處理的？」

他看了她一眼，確實清純若百合——嘟，一陣酸澀的胃液湧上來，讓他迅疾搖了搖頭。「方秘書，我開會去了。妳這些卷宗放著，我會處理。」

「是的。」她乖馴退了下去。

他全神貫注做工作會報，圓桌上其他七個人，看似專注聆聽，卻不約而同頻頻看錶。十點鐘的時候，總經理技巧性打斷他的報告，「現在，大家來鼓掌，歡迎這位企業界新銳——黃冠倫，正式加入本公司，相信日後公司業務定能蒸蒸日上。」他對他伸出雙手，熱誠握住，全體響起應酬式的掌聲。大家紛紛離席，他錯愕地收拾資料，難道所謂的「併購案」只是爲了測驗他的忠誠向度？根本子虛烏有；或者，他們另有一套企劃，對他持保留、觀望態度？啊，他又再一次感受到被排擠在外圍的悲淒，這些高階層人士要不是血親即是姻親陣營，而他，總是要因爲先天的出生背景倍受冷落啊。

「走啊，小老弟，你還愣站著做什麼？」總經理突然拍他的肩胛。

「走？」他不解看著，胃囊頻頻抽動，酸嗝連連。

「去機場啊。」

「機場？」

「當然是去接我們的常務董事，啶啶小姐，董事長唯一的掌上明珠。」總經理對他睞睞眼；這位董事長的妹婿，爲人豪奢，在商企業以炒股票、玩車有名。

「哦。」他順從地跟那堆人進了電梯。

「小老弟，你開車上班嗎？」總經理問。

「嗯，一輛小車罷了。」

「什麼車？」

「蘭吉雅，一千六。」

「哦。我看這樣吧，你開我的凱迪拉克好了，我就佔點便宜，做乘客吧。」總經理不由分說扔給他一串鑰匙，他低頭一看，鑰匙圈還是K金打造的W圖型，飛騰著一匹駿馬，馬眼鑲著碎鑽和紅寶石。

他戰戰兢兢開駛那輛寶石藍的凱迪拉克上路，總經理倒悠悠閒閒抽起斯代爾雪茄來了。「本來，我是想叫老黃開那輛勞斯萊斯去接機，可是我內人早上要主持一項婦女活動，勞斯萊斯倒給她調派去了。還好，啶啶小姐不至於太嬌生慣養，而我總還是她的姑丈嘛，再加上有小老弟這麼年輕有爲的駕駛，她該不會見怪的吧。呵呵，」總經理一路上兀自言說，「你的技術非常嫻熟，應該去開跑車才稱頭，小老弟，好好表現，馬上就可以弄輛法拉利了，頂好是大紅色的，流利帥氣。」對方一口香醇的雪茄煙氣自後座噴向他的頸脖，搔得他痲癢癢的。

他閉咬下嘴唇，讓自己集中心神對付筆直的高速公路，緊跟前面那輛業務經理開的墨綠別克。十點四十五分，他的胃囊已經奄奄一息，無力做饑餓訊息反應了，這使他整個人呈現一種懸浮狀態，連踩油門都不眞切，彷彿只是皮鞋落在油門踏板而已，他的眼皮逐漸下沉，意志力鬆弛──「小老弟！喂，小老弟，怎麼啦？」後座一陣驚呼。

他本能踩煞車，差點撞上前面慢下來的別克屁股。

「怎麼回事。」總經理問。

「車禍。」他探了探頭，修正說：「前面道路施工，要減速通過。對不起，開得太順了──」

「啊，會不會來不及？喨喨的飛機十一點十分抵達，萬一她出來看不到人，那我可就……」總經理似乎把話吞回肚裡自問自答，內容機密得很的樣子。

他開始臆想，會不會這位王總在外面虧了一大筆錢？或者挪用公款去炒股票？還是做了什麼不可告人的勾當？想來這位喨喨小姐不是省油燈，一定專程回來徹查公司帳務的，不然，那個姑娘不喜歡待在花都巴黎，好享受美食華服，說不定還有些法蘭西或拉丁情人呢？

「小老弟，你想想辦法，看看能不能超幾輛車，時間要緊，都快十一點了。」

「總經理，這樣非常危險。再說，飛機抵達後，還有繁雜的出關手續，少說也要四十分鐘，我們來得及的。」

「你好像很熟悉嘛。我要趕著去，就是因為出關，嘵嘵小姐每次都帶了太多衣服和用品，要和海關囉嗦半天，我要負責去調和安排的。小老弟，別的那幾輛只是充場面，我們這車任務重大，你還是想想辦法吧。」

他二話不說，深深吸了一口氣，咬緊下唇，油門一踩，把方向盤和方向燈打得不亦忙乎，超越穿梭，不一會就甩開車隊，奮躍奔向機場的交流道。車子滑過柏油路面，時速一百四十，他隱約看到測速照相器的偽裝路車，來不及了，一閉眼，他用力再踩油門，油碼及時速錶指針飛到一百六十。啊，過癮極了——他忍不住捶了下方向盤，喇叭怪叫了一聲，他一驚，冷汗直冒上額頭，機場建築在望，他放鬆了油門，時速一百滑進停車坪。

他們衝進接機室時，總經理狠狠擂一拳在他肩背上，「要——得，小老弟。」「恐怕——您會接到一張紅單，超速的。」他苦笑著，掏手帕擦汗，胃壁像被鑽子戮了幾個洞，疼痛難當。

「那再說吧，喂，你臉上怎麼這樣難看？」

「對不起，」他抬頭看一眼飛機起降指示幕，顯然嘵嘵小姐的飛機正在機坪停靠，「我上一下盥洗室，總經理，您先去海關那裡，我——我會去找您。」

「我看你等在這裡好了，等一下他們到了，一起張開歡迎布條，還有，業務經理會帶一束黃玫瑰，你負責向嘵嘵小姐獻花吧。這很重要，你可別亂跑哦。我正在爲你製造絕佳機會呢！」總經理說完，一閃，人就不見了。

他匆匆進了盥洗室，一陣排山倒海的胃肌痙攣，使他趴在馬桶上嘔出一堆黃酸苦澀的膽汁。呵，他痛苦地屈蹲在磁磚地板上，全身抖顫不已。從昨夜七點進食到現在，都快二十個鐘頭滴水未沾了，他軟弱站了起來，一陣暈眩，想到昨晚一高興，就著牛排餐喝了半瓶的「約翰走路」，還引起大學死黨小李的咋舌呢！那小李太太和七歲的小小李對他居然請客吃飯一事始終很狐疑，一直用眼睛偷偷睨著他。其實，他也就小李這個生疏的朋友了，富貴不歸鄉，無人與他共享，著實寂寞得很哪……

唉，他舀了一掌冷水拍拍臉，漱漱口，蒼白的臉對鏡中苦笑著，走出盥洗室，那一干人正東張西望，他連忙迎上前去，堆著笑：「總經理有交代……」

「好好，我正煩惱這獻花的事，正好正好，」業務經理忙不迭把一束花包裝精雅的黃玫瑰滿天星塞給他，兩人身量差不多，高度相若，但業務經理肚圍圓凸，顯得像只五彩皮球。

「小老弟，這機會千載難逢，保證你終生難忘哩。」其他人看著他，傳過陣陣壓抑的笑聲。

這其中必定有蹊蹺——他一陣猜疑，決定兵來將擋，誰怕誰！「嗯，還有布條，總經理交代要先張開。」他沉穩住氣，一字一字說著。

「我看下回做個大花圈豎著，省事些。」其中一個笑著說，「頂好寫上：『歡迎嘵嘵公主駕鶴歸台。』」

「吳老，您愛說笑，這一寫，股票要暴跌多少點哪？嘵嘵公主的威力誰沒見識過？」

「小黃就沒有。」業務經理拍他的肩膀，對他眨眼說：「一表人才，青年才俊，又未婚，小黃，你準備好被嘵嘵公主重用，大展鴻圖好了。」

「別嚇壞人家，他今天第一次上班，」被喚吳老的瞅著他說：「可別以後打報告說我們欺負生人啊。」

「喲，茲事體大，」業務經理突然朝他行禮，狀極突梯滑稽。「小老弟，請務必手下、口上留情哪。」

大家一陣爆開的笑聲。他也只好尷尬苦笑著，胃液苦苦翻攪，讓他連句話都說不出來。

他們開始三三兩兩談起股票、期貨、房地產、海外投資、賽馬、新的內閣搬風和民進黨作風等問題。他又被拋離核心圈，孤獨捧著束黃玫瑰，在人羣中無標的漫望著。眼前一波波人潮進進出出，行李堆積如山，似乎從台灣出去或回台的人全和行李糾纏不休，海關驗查簡直是一場場惡鬧劇，出入境一律要脹紅脖子齜牙咧嘴……他無聊觀望了約莫一刻鐘，跟無數次接機的經驗重疊——這機場是浪費生命和虛擲尊嚴的地方。

他多想溜去喝杯咖啡，吃客三明治，可是腳跟像被釘牢了。都是這該死的第一天上班，他得樣樣賢賢順順，不能偷時間溜晃啊。他又想起昨夜夢中的那個困惑，那個叫他錯過早餐以至於此刻倍受煎熬的困惑——他隱隱約約看見鄉村的舊宅門前，有一輛雙輪板車，卸下一具棺木，黝黑的門洞、窗洞裡哭聲啾啾，穿翳出頹壞的矮牆，傳來「阿根……阿根……」的厲嚎；他四處找尋聲源，卻發現闃無一人。「阿根——阿根——」棺木裂開，伸出一隻手抓住他手腕，他嚇得連連後退，撞上那棵苦楝樹，掉落一地的碎金塊；「錢……啊，都是錢……」他奮身趴在地上揀拾金塊，全然無視於碌碌滾向他的棺木！

那緊要關頭，他竟然沒有把夢看完，就驚醒過來了。然而，那個夢境倒懸著釘鉤式的問號，他苦苦追想了一個清晨，加上現在——或許，那棺木裝的是原來公司的老闆，他曾大罵他是畜生，要葬送他的一切成就才甘心；也或許，棺木是母親，她病逝在那棟黝黑的宗祠老厝時，他正在台北初出頭天，根本未趕回見上最後一面；還或許，啊，他心口一陣緊痛，該不會是美秀吧？那時候，他執意要賣掉那棟黃姓宗祠的老厝時，小堂妹美秀來跟他哭吵不休，認爲大不祥。「什麼時代了？還迷信！我需要資金創業，脫離這種牛馬不如的農村生活，妳別拉我陷在這裡。」他板著臉，對著這個心愛多年、共同困厄成長的姑娘，咬牙切斷多年情誼。「阿根，你不問問祖先神主怎樣去從，要教他們做孤魂野鬼嗎？阿根——」「別叫我阿根，我改了名，叫冠倫，冠倫——」「你乾脆也改姓好了，我阿爸阿母不會原諒你，你死去的父母、小弟不會原諒你，我也不會原諒你，到死都不會原諒你的……。」美秀淚痕縱橫的蒼白臉頰閃泛一暈憤紅，「阿根，我做鬼也要找你算這筆帳，你出賣我們黃姓列祖列宗啊！」

——我這也是不得已，美秀，我不願陷死在那三分祖傳薄田，僵老在那棟黝闃的老厝裡，美秀，我們這一代必須翻身……。

「小老弟，你一個人呢呢喃喃些什麼啊？」吳老走向他，遞來一根洋菸。「快出來了吧，再忍耐些，你知道，嘵嘵公主每回都被巴黎的時裝、香水啦，絆腳絆手的。我們來這堆人做啥呢？無非每個人幫忙扛兩箱行李回台北天母，她老董爹地給她購置的那棟兩百多坪的別墅啦。」

他謝絕對方的菸，表示自己沒有抽菸習慣。

「啊，好青年，這玩意兒抽多了，沒有什麼好，不錯不錯，標準的青年才俊。」吳老驚異地說。

「吳副總過誇，我只是正好沒有這個習慣而已。」

「嘿，我看你人也還老實，先給你上一課好了。」吳老把他拉至一旁較隱密的邊角，咬著他耳根說：「嘵嘵這小妞常年在國外，不知怎麼發展出一套怪理論來，叫『羊與盾牌』──」

「羊與盾牌？」

「嗯，她的戀愛哲學，哦不，是獵愛哲學──嘵嘵喜歡男人做她的盾牌，她是隻可愛的羊，需要盾牌給她安全感。所以，如果她問你覺得她如何？最好的標準答案，就是她像隻溫柔、可愛的羊，懂嗎？」

他搖搖頭。

「別裝呆了，小老弟，我們這票人統統死會了，不然還輪得到你做盾牌嗎？」吳老對他擠眉弄眼的，曖昧得不得了。「別忘了！我們現在聯合陣線，幫你攀這個富豪姻緣，事情成了，公司的股分——可就要分配一下囉！」

「可是——」

「可是什麼？沒有任何愛情比富有的愛情更迷人了，喨喨生得不算差，因為有錢，大家都覺得她的魅力更加十足哪。」

他惦掛著飢餓的胃囊，很想告罪一聲去喝點什麼，只有咫尺距離，她立刻可以喝杯咖啡什麼的。奈何吳老拉著他聒聒絮絮以前喨喨的情史，聽得他只能苦笑撐著臉皮。

「出來了，出來了——」業務經理喊著。

「快，小老弟，快上前去！」吳老推擁著他，對他噤聲提醒，「別忘了——羊與盾牌。」

他們一列排開，高張著紅底翠點的布條，「歡迎喨喨小姐載譽歸國」的白字非常招搖。他瞇眼望去，只見總經理推著一架超大行李車，跟在一個高頭大馬，似乎染患肢端巨大症的女人身後。他倒抽一口冷寒氣，抬頭仰望這個一身光鮮的時髦女人，少說有六尺高度吧——他暗自思忖，恍然了悟他們爲什麼準備鮮花束的道理，不然以他的短小軀幹該如何把花圈套進對方的脖頸裡？

「上去啊，小老弟——」後面一排緊張的聲音。

他深吸一口氣，誰怕誰，跨前兩步，撐開苦笑面皮說：「歡迎歸國。」把黃玫瑰花束高舉獻上。

「啊，謝謝，麼西麼西——」嘵嘵小姐一把撲接過去，笑得五官闊離如海。

他聽得懂幾句簡單法文，忙不迭又用法語說「歡迎」，退後兩步，使自己保持一個還算修長的錯覺距離。

「嘵嘵，我來介紹一下。」總經理把行李車一停，大家連忙上前，果眞每個人拎兩只皮箱。「這位是公司新聘任的企劃經理，黃冠倫，標準的青年才俊。」

「哦，小黃，對吧？」嘵嘵傲慢、嘻笑看著他，漫不經心問著：「你來上班多久了？」

「他今天第一天上班，就被派來做你的司機了。」總經理微笑解說著：「妳姑媽今早要主持婦女活動，老黃和勞斯萊斯被她派去了，所以——」

「你派這個小黃來嗎?」

「那只是權充,小黃是我們剛從另家同業公司高薪挖請過來的,很有企業才幹呢。」

「總經理過獎。」他謙卑微笑著。

「而且,他開車技術一流,妳那輛停在別墅的法拉利,改天找他開,保證可以發揮到淋漓盡致。」

「眞的啊?姑丈,你沒有故意誇張嗎?」嘵嘵一臉信疑閃爍,對他輕忽笑了笑。

「嘵嘵小姐,請問,」吳老走上前,態度倨恭,「要不要先用個便餐?等回台北,我們訂了萬商雲集的接風盛筵。」

他正滿心竊喜,終於有吃東西的時機,啊,餓——

「不了,我在飛機上吃得很飽,又要破壞身材了,先回天母吧,我要洗個香水澡。」嘵嘵不由分說大跨步走出境廳,他們一行也就碌碌推行李跟著跑。

他把凱迪拉克開上前,嘵嘵大腳跨進後座時,突覺得眼前一陣黑雲旋轉。

「怎麼啦?小黃——」嘵嘵驚愕問著,用手指節彈他的椅靠背。

他迷迷糊糊裡,以爲嘵嘵問他對她印象如何,虛浮地笑了笑,搖著頭,斷斷續續說：「有隻——可憐的——羊，一直在找安——全的——盾牌，最後——卻餓死在盾牌底下。」

「他有沒有毛病？」嘵嘵搖著頭看總經理姑丈。

他開了電門，踩踏油板，浮浮飄飄駛上高速公路。

那飢餓，正像晴陽下的翳影，永遠抓住他那脆弱、卑怯、又虛榮的胃囊了。

——七十九年四月，「聯合文學」六十六期

年輕出擊

本名梁麗蓉，民國四十八年生，苗栗縣人。台大外文系畢業，現任自立晚報副刊編輯。著有小說集「上卡拉ＯＫ的驢子」、「赫！我是一條龍」、「黑夜裡不斷抽長的犬齒」。

梁寒衣

◉殷太石

飲酖於孤曠的冰原

記文字工作者梁寒衣

在這個混亂徬徨，充滿了宰制與被宰制、閹割與受閹割的世界，所謂叛逆與狂飆，並不是變本加厲的媚俗無恥，而是一種人文風格的反省與重建，一份有所不為的耿介與執著。

——梁寒衣

有一類創作者，並不像其他多數人一般，以任性潑灑、自在宣洩爲能事。相反地，他們一方面忍受著現實的傾軋、催迫，一方面得以長期的抗爭，與內在的夢魘、紛亂的意念展開殊死的搏鬥。透過精神與肉體嚴謹的「自囚」，他們如是將自我閉鎖於牢獄中，孤絕面對一方恆常空白的稿紙、畫布或樂譜。

這些瀝血而過的足跡，未必能負起最基礎的認同、支持，使他們涉過流沙的，僅是一種對生命、對人類、對藝術、對愛與美的信念與堅持。

●

過去一段時間，由於插畫工作以及閱讀習慣使然，我因而認識了一部份新一代的作家。其中不乏極其敏銳、極具洞察與觀照的，它們包含了一個新的名字——梁寒衣。透過她的作品，我終於知覺，精確的文字本身儼然已是一種絕對的形式，任何的插畫、配圖相對之下皆只是一種不可理喻的冗贅，一段虛空的蛇足。

她的文字每每呈現甚至連繪畫也難以企及的躍動，以及豐沛磅礡的色彩、聲音、圖像與意象。或者蒼莽渾鬱、冥思沉潛，或雋雅端麗、幽默諷喻……絕對的專注兼以永不息止的實驗、淬煉，使她的作品持續性的展現了某種跨躍時空的視點以及自成一格的美學。試引其中的一段文字：

雖然是黑夜，他卻看得清清楚楚，比白日更明白：物體的表面都燃燒著，發出強烈的光暈。源自體內的強光又把底下鮮艷的顏色、氣味、形狀照得清晰透亮，宛如通了電流。……蘋果綠、蘭花白、蓮藕紫、老藤黃……千萬種數也數不清的顏色全部潑辣燒在眼底，逼著人瞪視它們。

……他不知道自己是不是瞎了？也不知道自己是不是在一個只有瞎子才見得到的世界？——一個唯有封閉外在，才得以諦觀內在的世界。

（羔羊跑起來了……）

「唯有封閉外在，才得以諦觀內在」這位從西方文學研究轉而從事中文創作的作者，如是敬謹謙遜地將自我囚繫一方霉濕的山腳下，鮮少與外界聯絡。日常簡單的熟爨，泰半的時間則埋首於佛典、哲學、歷史與人性的思索探究。繽紛逸散的稿紙，一路從書架、桌面、抽屜堆擁拋灑至地面上，吞噬了每一塊可見的空間，成爲她生命中唯一的現實、不變的場景。

在孤寂噬人的場景間，她汲汲逼索生命的可能以及藝術的眞實。一遍遍，不厭其煩地反覆推敲、實驗所謂的「唯一的」、「能精確直抵作品核心」的風格與形式。在精神的危岸，在紛亂飄搖的意念與龐大窒人的夢魘間，寫作成爲她「靈魂的出口」、一項祓魔的儀式、一種必然的宿命。如作者所言「一座迷宮的叉道、一段意識與潛意識之間的涉渡，一組符號與密碼的解讀與重塑。」

從中，衍生了兩類風格迥異的作品，一類是寓魔幻、詭譎於寫實的小說創作；另一類則徹底抽離現實時空，縱橫宇宙，將歷史、政治、哲學種種抽象的冥思，以一系列的「黑色童話」表出，企圖穿越靈魂的最深處。

關於後者，以「寫實」爲主流的台灣文壇，必然難免於質疑或惶惑。此處，且引梁寒衣的「吞劍者」作爲這類文體的「答客問」——

吞劍者，立於寂然的屋宇中，將眼前的現實——一切龐雜浮動的歷史、社會、心理、人文的脈動與光影，喧囂與沉靜、痛苦與惶亂、清明與黑暗，一一吞入腹中。逞思考、夢想的極致，加以重新整合、結構、壓擠、雕塑，鑄造出一個獨屬於文學的「心靈的現實」，而不僅僅止於單純的「鏡面的折射」。

對於一位絕對的藝術追求者，而非一名工匠而言，吞下一把劍，而吐出另一把形貌類似的劍是絕對不夠的。不！那人必須吞下一把雪亮的劍，而吐出一室繽紛的孔雀鳥羽、一車眩目的明白之花。

一幕景象恆常明晰印於我的腦海：

冬日的梁寒衣經常穿著一襲古式青衫儒服，束著髮，坐在蒲團上，默默飲著一杯杯嗆人的烈酒——約略是大麴、茅台、竹葉青之類的。薄削的背脊抵著凜冽的壁面，壁上懸著一把帶鞘的長劍。劍柄纏繞著一圈又一圈墨黑的棉繩。

那樣的景象總令我想起她的作品「山門」中，那位既狂且狷、耿介絕俗，在宦海塵砂中「一雙懾人的眸子依舊咄咄閃著不滅的焰火」的儒者；以及其間的一段描述：

> 飲酖，確可以止渴！
>
> 止終身的大旱、荒渴——只要，那是一掬真正值得狂飲、痛醉的的美酒。只要，是一個萬般龜裂，兵燹屠戮過、烽火燎原過的心靈。

兵燹？屠戮？烽火？龜裂？……這段文字令我回憶起她曾經記述的，那些倖免於赤棉「萬人塚」的千萬難民，千辛萬苦逃過一場災噩後，來到夢想的自由邊境，卻面臨另一場慘絕人寰的屠戮。他們被裝上一輛輛卡車，如牛馬一樣驅趕過「扁擔山」。扁擔山上處處佈設著地雷，上面達達掃射著泰軍的機槍。那些生活於自由土地的幸福人，並不想讓另一羣流離的難民侵擾他們的幸福！

然而，一年半載後，那些歷經過夢魘的難民又回來了！家破人亡、滿懷驚悸，一部份仍攜著零星的家屬，一部份僅剩下孤伶伶的隻影。他們不得不逃亡、不得不乞援於曾經屠戮的刀口，因爲留在那片猩紅的土地上，他們唯一的可能僅是一步步緩慢的凌遲、饑餓及死亡……。

「我的臉曬成黑褐，恍如鍋底。我天天笑，拚命地笑，對於營中走過的男男女女、大人、小孩……氣氛顯得如許低抑愁苦、悲觀絕望，我必須大聲地笑，不敢現出憂鬱，以免增加增加愁慘……。」——除了作者對於「笑」的記言，另一段友人的側記是這樣的：

梁寒衣離開難民營時，匆匆將所有的錢兌成泰幣，交給一名叫「阿烏」的難民，散發給貧戶。抵達中正機場時，她身上僅有三十塊不到的台幣，連一張中興號的車票都無法購買。她就這樣靠著背袋，等著她的朋友……爾後，梁寒衣在現實中浮沉，擔任過編輯、採訪、翻譯、攝影、代課教員。一度在極端窮窘中，她接到赴美國的「阿烏」寄來一張支票，於是厚著臉、硬下心腸，把錢眞領出來。……

這些人、事至今猶可求證。我不知道如何記述這樣一個創作者。走筆至此，閃現過我腦際的，竟是兩段分屬於兩篇文章而極其肖似的句子。其一關於「山門」中的書生；另一關於「春天的故事」中的『安樂王子』——

暴力、血腥，一切令人髮指的凌遲與酷虐，在反覆輪迴的驚悸之後，僅能激起內在深沉的疲憊與厭倦——企望死亡能帶來徹底的紓解，不再以炯亮的雙瞳照見生命無底的悲劇。（山門）

憂鬱的王子為每一個故事褪下一枚金葉子，宛如一尾自願捐棄鱗介的游魚。當拋散所有依然無改於人世遼闊的痛楚。他布施了自己的眼睛。（春天的故事）

死亡與救贖、希望與幻滅……刺瞎雙瞳的伊底帕斯如是踽踽行走於救贖之路。梁寒衣該可以稱爲一位篤行的人文主義者吧。

——七十八年九月，文訊第四十七期

〈梁寒衣作品〉

赫！我是一條龍

它必須遵守歷史賦予的道德責任，暴烈地搖動尾巴，發怒、噴火，誘拐良家婦女，扮好邪惡的部分，以彰顯正義的力量。

冬眠之後，巨龍恩格達醒來。牠張開大嘴，想噴出一道濃烈的火焰，焚燒過山脊，像往年一樣，暴躁地宣告牠的復蘇。大地將因此而震動，所有的生物都將在牠的怒火中竦慄。牠微笑著，努力張開大嘴。「如果世界沒有龍，那將成什麼體統？」——時光會靜止，小動物將在亙久的睡眠中忘記蘇醒；即使偶然醒來，牠們也會像患了夢遊症般，迷迷糊糊地行走，忘了恐懼與歡笑。所有的童話、傳奇都將改寫。塗著藍眼圈的公主將盛裝坐在重重的帷幕裡，像宮殿的門廊一般乏味的蛀蝕、老去。英勇的屠龍武士，將坐在圓桌旁無所事事的閑聊、打盹，讓盔甲與盾牌閑置一旁。年老的國王將垂頭喪氣的在城堡的砦樓上走來走去，像一個糟老頭子般，不知道該怎麼處理他的遺產……一切都太可怕了！巨龍恩格達努力張了張大嘴；沒有牠，大地會像一塊褪色的調色盤，失去了它夢幻的色彩與節慶式的歡樂，抽離了「必要的」罪惡與善良、混亂與和諧，整個宇宙將癱瘓成一團軟綿綿的漿糊。

像許多龍一般，巨龍恩格達的洞穴也藏了無數個公主，也許有一打吧！巨龍恩格達不清楚她們的數目，牠只是依照慣例，把她們擄走，藏進洞穴的監牢裡。然後，躺在自己的巢穴中安逸地等待那些英勇的騎士來挑戰。「這是龍的義務。」當恩格達對這種「捉捉放放」的工作產生職業倦怠時，牠的母親總是這麼不厭其煩地勸導牠：「你總不能叫大家無所事事吧！」——一心想當好一隻好龍的巨龍恩格達總是克盡職責的定期擄來一堆美女，克盡職責的遵守母親的叮嚀——在大戰到一百回合的時候，讓那些笨拙的騎士刮下幾片鱗片，流下一灘綠血，之後，像冬眠一般，動也不動地假裝死去。這類的遊戲無聊透頂，然而恩格達卻鄭重其事地一心扮演牠的角色——牠從來不偷懶，總是不偏不倚在第一百回合的時候，流汗、喘息、倒地死去，從來不曾怠忽過一回。

「龍是十分重要、不可或缺的。」巨龍恩格達從來不喜歡女人，她們總是嘰嘰喳喳，聒聒噪噪，在洞穴裡乒乒乓乓，弄鍋弄鏟，把一切搞得烏煙瘴氣。而且，她們一閑下來，總是不斷地在打架、撕扯對方的頭髮，爭論誰最美麗。恩格達厭倦了這類喋喋不休，牠總是悶聲不吭地躲在窩中暗想：「還好，我不必和她們一輩子在一起。只要大戰一百回合，滴幾滴血，就可以把她們送出去了。」這是十分划算的，恩格達從來不喜歡這些光溜溜、不長鱗片，且不時發出尖叫的東西，牠覺得她們十分醜陋；然而，牠是一條老老實實的好龍，因此，牠總是按照書中的慣例，克盡職責的尊稱這些抹藍眼圈的怪物「美麗的公主」。

「小動物們會嚇得東奔西竄、屁滾尿流。」巨龍恩格達張開大嘴，想噴出一道焚燒過山脊的烈焰；這是每年冬後必須的儀式，恩格達恰如其分的完成它，就像一個打鈴的工友般準確守時；雖然恩格達本身並不欣賞暴力。牠的本性溫馴善良，暴力總是讓牠吃驚。如果能夠選擇，牠寧可像兔子一般坐在洞穴裡唱唱歌、織織毛線，或者像聖誕老公公，作些分發糖果點心之類的事。然而，誰叫牠是一條龍呢？

於是乎，它必須遵守歷史賦予的道德責任，暴烈地搖動尾巴，發怒、噴火，誘拐良家婦女，扮好邪惡的部分，以彰顯正義的力量。同時，得含辛茹苦地服事那些千金小姐，聽她們挑剔菜色不好、服務態度不佳。工作既煩瑣又無樂趣，長久像公務人員般克遵職守，爲大家作牛作馬，恩格達逐漸感到强者的寂寞了。

然而，如果牠卷起尾巴坐下來織毛線，人家會怎麼說呢？義務絕不可怠忽，恩格達鞠躬盡瘁地張開大嘴，想噴出一條足以讓大家昏死過去的烈燄。然而，牠張開了，卻發現自己只呵出一口冷氣，這口冷氣一接觸空氣便化了，就像鼬鼠打的呵欠一樣。牠著急起來，又努力張了張。仍只是一團淡淡、薄薄的霧氣！

好恩格達！牠並不氣餒。「也許只是感冒了。」牠安慰自己：「只要擺動尾巴，震動山嶽，發出可怕的聲音，也就勉强可以了。相信大家能夠諒解——畢竟，這年頭誰能不患流行性感冒呢？」於是，牠開始吼吼搖曳尾巴。

不幸，更可怕的事發生了！地板動也不動，只發出一陣窸窸窣窣的摩擦聲。牠低頭望了望自己，不禁嚇呆了：現在，牠全身像蚯蚓一樣光溜溜地，尺寸縮小許多，幾幾乎便是一條長著腳的蛇了，不僅如此，牠的體積似乎每一分鐘都在縮小，也許，再過幾個小時、幾天的工夫便要小得像條小蛆般，任誰也看不見牠了。而在牠的眼前，矗立了一個龐然巨物，渾身閃著金紅紅、亮燦燦的鱗片。「那不就是我嗎？」巨龍恩格達仰望著這似曾相識的形影，大吃一驚：「但是，如果那是我，現在這個光溜溜的東西又是誰呢？」

冬眠以前，牠記得，牠仍是一條暴躁異常，火柱可以噴至十丈之遙的巨龍；而今，牠卻認不出自己是誰了。牠揉一揉眼睛，咬一咬自己的指甲，就像每一個不相信眼前事實的動物一樣，希望這只是一場未醒的噩夢。然而，儘管手指咬得十分疼痛，一切都沒有改變，牠仍然在這裡，像一條小蛇般，渾身光徹徹地。

牠爬近那隻原來是自己的龐然大物，想打個招呼，問問自己是誰。然而，那隻動物卻像死了般動也不動，牠猛力搖了搖，手邊輕盪盪地，才發現原來那只是一個空空的軀殼，恰像蛇蛻下的皮一樣。於是，牠開始繞著那架空盪盪、十分輝煌美麗的軀殼放心地檢查起來。牠終於在那架軀殼的腹部找到了問題的癥結。那裡面有一塊破了的洞，恰恰比自己的身體大了一些，牠可以輕易地便讓自己爬進去。這個發現證實了牠原先的想像——沒有錯，牠的的確確曾是巨龍恩格達，只不過現在蛻了皮，變成一條蛇的模樣了。至於那個小洞，很可能自己就是在睡眠中從那裡不知不覺地滑出來的。

「原來龍也會蛻皮，而且還可以蛻成這麼猥瑣。」這個結論讓牠很洩氣。牠趴在自己「靈魂的出口」悶悶地想著，怎麼辦呢？現在自己既然不再是巨龍恩格達，不妨可以隨心所欲地做自己喜歡的事，坐下來織織毛線，再也不必害怕有人嘲笑牠了。

然而，牠一點也不快樂——龍的心靈——那個堂皇偉大爲大家服務的心靈，仍在牠的體內躍動。牠想起牠的歷史義務，不知道該怎麼辦才好——如果這世界醒不過來，小動物們永遠睡著，那該怎麼辦？而且，萬一不幸牠們醒來發現自己變成這副樣子，那又該怎麼向大家解釋？

還有，那些關在地下室的公主們又該怎麼辦呢？食物很多，足足可以讓她們炒炒煮煮過上一年；如果不行，牠甚至現在就可以打開地下室，讓她們走出去；然而，她們會怎麼說呢？她們會一邊數落牠，一邊啼哭，說牠是一條不負責的壞龍，害她們喪失尋找如意郎君的機會；至於那些騎士、國王更不用說了，他們該如何向那些等待正義戰勝邪惡、等待婚禮、等待慶典的人民交代呢？太太、孩子、先生、女士們一定十分失望，——尤其是那些眼巴巴等著聽故事的孩子們……一切都太可怕了！——沒有龍，世界會黯淡下來，就像一個沒有花環、珠寶，也沒有新衣裳的新娘，顯得十分孤單、寂寞。

巨龍恩格達憂慮萬分，牠開始責備自己，後悔冬眠期間睡的那一場好覺。倘若知道睡覺起來，會發生這種意外，那麼無論如何牠他絕不肯閉一閉眼睛，即使得用一把匕首撐住眼皮，牠也必然會心甘情願。但是，一切都太遲了！巨龍恩格達望著自己每分鐘都在不斷縮小的軀體，感到心靈急得要滴出血來。

「也許可以找爸爸、媽媽商量一下。」恩格達靈光一現，想到山的另一頭的父母親。但是，不行！誰會相信呢？「哈哈哈哈！你是巨龍恩格達？哈哈哈哈！」牠可以想像父親聽到牠的解釋時捧腹大笑的模樣。牠的鼻孔會爆笑著直噴出白氣，整個山洞會像一個冒煙的蒸籠，氤氤裊裊的。「可憐的，你病了，竟然以為自己是一條龍？」牠的母親也許會用同情的眼光打量牠，在牠嘴裡塞幾顆阿司匹靈。無論如何，誰也不會相信牠的話——即使牠能把牠們引入山洞，牠們也不過只當牠是偶而路過發現軀殼的小虫罷了！何況？不管是嘲笑或同情，對恩格達都是十分尷尬難受的。更且，即使父母願意承認，其他的龍族——那些驕傲的親戚朋友們又會怎麼非議呢？

情形實在太不堪想像了——「也許甘脆直接了當告訴那些小動物好了。」——恩格達想像自已光著身子跳出去的景象：「赫！我是巨龍恩格達。」牠會跳出去對大家說。周圍會起一陣爆笑，雞蛋、爆米花會打在牠身上，大家會把牠當作小丑捧著牠、逗著牠玩。即使牠們可能相信牠的解釋，那麼，驚天動地的哭號聲必然會比嘲笑來得更猛烈、痛苦，使恩格達受到更大的良心譴責。一切都太可怕了，巨龍恩格達捲曲著身體，縮在龍的腹部，有生以來，掉下了第一顆眼淚。

這樣過了很久，恩格達突然「霍」地跳了起來，對自己大嚷：「總之，不管如何，在我縮小得看不見之前，我都要作好我的工作。」窮急智生，牠驀然想到巫婆潘蜜兒和她那個不曾開啓過的禮物；於是急急地從位置上躍下來，潛入洞穴深處那個被蛛網與灰塵遮蓋的禮物盒邊。

那已經是百年前的事了。恩格達那時還是一條對未來充滿想像的小龍。牠在繁花開遍的原野嬉戲，在清澈碧綠的湖沼刷洗牠金色的鱗片，日子在溫柔中流逝。有一天，當牠再度沐浴泅泳於湖沼間時，牠聽到一陣哭泣聲自湖沼不遠的幾株白楊樹後傳來。

恩格達輕輕掩近哭聲來處，看到巫婆潘蜜兒的飛行掃帚和尖帽子都凌亂地丟在一旁，潘蜜兒自己披散著一頭亂髮，坐在樹根間，叭啦叭啦地用她的斗篷擦著眼淚。

潘蜜兒正一心一意的哭泣，絲毫沒有注意有人靠近。此刻，她的樣子正完完全全是個狼狽的糟老太婆，一點也沒有巫婆的威風可怕。

「妳怎麼啦？」恩格達注視許久，忍不住出聲打岔。她那副篷頭亂髮、可憐兮兮的模樣深深打動恩格達，使牠忘了原先不喜歡的尖鼻子和癩蝦蟆。

「滾開！你們這些該死的龍！」潘蜜兒抬頭看見恩格達，非但不感激，反而一邊號喲，一邊大聲咒罵起來。

恩格達並不生氣，牠只是溫和地堅持著，反覆的說：「我可以幫你什麼嗎？」

這樣僵持了一整天，當紅色的落日斑斑點點灑滿整座樹林時，潘蜜兒哭累了，開始敍述她的故事。原來她最鍾愛的孫女得了怪病，此刻，正在死亡之中打轉。

「爲什麼不趕快救她呢？巫婆不是有很多治病的辦法嗎？」恩格達好奇的問。

潘蜜兒聽了，又掩著臉哭泣起來。藥方是有，她抽抽嗒嗒地說，但是，卻獨獨缺了一根龍鬚，直到絕望地訪遍了每一座山洞，卻找不到一條願意施捨龍鬚給她的龍。巫婆這行的名聲實在太壞了。

恩格達盤卷著身體想了一回，「如果不介意的話，你可以用我的龍鬚。」牠建議說：「也許稍微嫩了點，但是不妨拔下兩三根試試看。」

時光於花朵的開合中過去。而後，某天夜裡，恩格達正在洞口數著滿天星斗的當兒，突然看到潘蜜兒騎著掃帚畫過廣漠的天空滑落在牠的眼前。

她遞給牠一個禮物盒。

「等你危急的時候再打開它。」潘蜜兒叮嚀道：「或許會有點用處。」

然而，百年過去了，恩格達從來沒有感到危難的時刻，也從來沒有打開那個盒子。牠始終威風凜凜，成功地扮演强者的角色，牠的烈焰始終熊熊不滅，具有强大的威嚇力量；即使偶爾感到倦怠，但是對於世界，牠是無所畏懼的。因此，牠幾乎忘記了盒子的存在。

牠抖落盒子上的蛛網，拆開上面陳舊的封條。盒中躺著一個喇叭形的東西，牠拿起來，搖了搖，對著尾部吹一口氣，想拂去灰塵，聽到從喇叭開口的另一端傳出巨大的吹氣聲，嗡嗡嗡地震動了整個山洞。

這個發現令牠既驚奇又歡喜。

「也許潘蜜兒百年前在她的水晶球中已經讀出了我的命運，知道我遲早會需要這份禮物。」恩格達雀躍萬分，想到了一個計策。

牠把自己蛻下的龍軀拖到洞口，自己帶著那個大喇叭爬進龍頭的部分。現在，牠坐在那裡，只要一用力便可以用爪子推動龍頭，使它伸出洞口，讓所有的小動物都看得到牠。這樣，在身體小得再也不能移動龍頭時，牠將永遠是一條偉大可怕的巨龍，永遠守護著這座山和山上所有的生靈。

「赫！我是一條龍！」牠撐動身體把頭伸出去，一面吼吼地在牠的「聲音擴大器」

中大喊：「可怕吧？快跪下！」

小動物急急地自冬眠中醒來，望望天空；沒有火焰。然而，光是那震動大地的聲音，已足以讓牠們肝膽欲裂了。「龍醒來了！」牠們東奔西竄，互相通告，齊集在洞口。大象、老虎、浣熊、老鼠、兔子、蝴蝶，密密麻麻、整整齊齊地按照恩格達發布的命令跪成一排。

恩格達滿意的把頭縮回去，自己抱著大喇叭坐在位置上呼呼地喘了幾口大氣。隔了幾分鐘，當身體又縮小一點時，牠又跳出去，大嚷：「赫！我是一條龍，快跪下！」

牠要趁生命只剩下的一點點，把未來幾個月、幾十年的工作迅速做完。牠要別人永永遠遠記得牠的面貌，記得牠是一條偉大恐怖的龍。

當牠跳出去時，牠的心靈中著實有千言萬語，牠不斷地在心裡說：「再看一看，再傾聽一下吧！不久，你們便見不到我了。」然而，牠只是一遍一遍單調地重複牠的恐嚇：「赫！快跪下！我是一條可怕的龍。」

即使在死前，牠仍拚命維護自己辛苦建立的形象。

當牠第十遍跳出去時，小動物們幾幾乎乎已經習慣了牠的恐嚇。牠們只是坐在自己的位置上，抬頭看了牠一眼，便繼續交頭接耳的交談。「恩格達發神經了！誰不知道牠是一條龍！」牠們紛紛抱怨，只是，礙於巨龍的可怖，牠們仍耐心地守候在那裡。

恩格達並不灰心，牠有燒不完的熱情，「龍是十分重要的！」牠一遍遍告訴自己，只要其中有一隻動物肯抬起眼瞄牠一下，牠便願意用意志支撐著那越來越笨重的頭部跳出去。

這樣筋疲力竭地支撐到午夜，小動物紛紛散去，恩格達才枕著光榮的甜夢沉沉睡去；牠計畫，明天牠要更早起來，更早展開牠未完的工作。

第二天，當一道曙光照亮洞口，恩格達便撐著那彷彿有千鈞重的龍頭又跳了出去，牠剛對著喇叭準備大嚷，便看到洞口貼了一排標語：

「別嚷，吵死了！我們已經知道你是一條龍了。」一個標語寫著，署名是「一羣媽媽敬上」。

「你不止是一條龍——而且是一條神經不正常的笨龍。」這是同業公會的標語。

「妨礙安寧！」「太情緒化了！」「有史以來最差勁的龍。」恩格達唸著琳瑯滿目的標語，不禁潸然淚下。頭一次，牠覺得生而爲龍的自尊受了打擊。牠默默退回洞裡，完完全全失卻了生存的意志。「我是不被需要的。」一整天牠望著自己急遽縮小的肢體，只是這麼惶惑地自言自語。

現在牠像死了一般，再也不能動一動了，即使對著喇叭，也恍若喑啞般再也發不出任何聲音。「究竟出了什麼差錯呢？我一直想作好一條龍。」牠奄奄一息地躺著，腦海中反覆輾側著同一句話。死神悄悄地坐在牠身邊，蒼白著臉，垂著禿頭，聚精會神的轉動膝上的魔術方塊。

時間一秒一分過去，在死神帶走牠的靈魂之前，恩格達勉強扭絞著微小的身軀，在地板上寫下牠最終的遺言。

幾個月後，披著盔甲，執著盾牌的屠龍武士終於越過崇山峻嶺抵達了傳說中的洞穴。在那裡，牠們發現了恩格達蛻下的華麗的軀殼，釋放了一羣美麗絕倫的公主，據說，當英勇的騎士走入地下室時，那些公主正在弄鍋弄鏟地試驗一道新發明的食譜呢！然而，一看到武士，她們立刻放下鍋鏟，撲入他們懷中暈倒，非得用大量的嗅鹽才足以讓她們醒來。「那是我們見過的最兇猛殘暴的龍。」驚醒之後，她們嚶嚶啜泣著，要求武士立刻帶她們遠離這恐怖的魔窟，返回美麗的家園。

沒有劇烈的械鬥，武士們十分氣餒，這將有損他們的的英名。然而，聰明美麗的公主立刻提出了她們的建議。「不妨把龍頭帶回去。」她們對他們擠擠眼說：「我和我的王國都將以屠龍之名賜予你。」

於是，他們十分親暱的一面共享公主們新烹調的美食，一面集體編出了一套英勇的神話。當他們興高采烈地走出洞口時，一個武士突然發現了恩格達在地板上的留言——我是一條龍，我熱愛我的工作。

「這是什麼鬼話。」他用腳把字跡抹去，跟隨在大家背後走出洞穴。

隨後，小動物成羣結件的走進來，他們有生以來從不曾參觀過龍穴；那是傳說中充滿詛咒，既神秘又詭異的地方。

牠們翻動每一個角落，一面嘖嘖稱奇，一面拿走他們所能帶走的每一樣東西。所有的東西都搜羅一空以後，一隻小動物突然望著那些金光閃閃的美麗鱗片，脫口說：「瞧！那些東西多美啊！用來裝飾在頭上那該多好看。」一時，兔媽媽、熊姊姊、鼠妹妹……都紛紛過來搶走了幾片鱗片。

潘蜜兒騎著掃帚走來，想證實她百年前的卜筮。她望了望恩格達百孔千瘡的軀體，嘆了口氣，摘下幾片鱗片，飛回她初次見到恩格達的湖沼，湖沼的水碧綠依舊，上面悠游浮動著無數游魚。

她撒落手中的鱗片，揮著魔杖，吹了口氣。於是，神秘的奇蹟發生了！那些撒落在湖中的金色鱗片，紛紛附著在游魚身上，使牠們永久以最璀璨美麗的姿影自由嬉游於湖中，成爲魚類中最輝煌尊貴的一族。

在另一個世界，恩格達坐在百合遍開的山谷，俯視下界，看到那個被蹂躪得面目全非的軀殼。

「你後悔嗎？」死神搔著禿頭，撒下手中的魔術方塊：「這眞是難解的謎題。」

「不，我仍然很高興我是一條龍。」恩格達溫和地回答：「雖然人生只是捕風。」

——七十九年十月，聯經出版公司，「赫！我是一條龍」

年輕出擊

民國四十九年生，屏東人。台大動物系畢業，現任自立晚報新象版編輯。著有小說集「都市的雲」、「曙光中走來」等。

葉姿麟

在實驗室與小說之間

◉李金蓮

在工作崗位上，我不是容易結交朋友的人，但葉姿麟卻是少數的例外，我們因爲工作而相識，然後成爲朋友，並且是往還密切、時常掛念的朋友。

還沒有深刻的認識她，便先拜讀了她的小說。那時候，她先停筆了一段時間，原因是想徹底結束過去短短的寫作經驗，另闢一條眞正適合自己的創作道路。尤其她原本著迷於張愛玲，不知不覺墜入了已成强弩之末的張愛玲式的文字模式，後來，這段空白的時間，確實成爲她寫作上一個很重要的轉捩點。因爲，接著她便突然以極旺盛的創作力，一口氣寫了四個短篇，而且掙脫了張愛玲小說的影響。

不久，她便出書了，强韌的創作力實在很叫我吃驚與羨慕。當時，我擔任她那本書的編輯工作。

她的第一本小說集「都市的雲」，具有相當的青春魅力，不獨是因爲裡面的人物多爲現代的、年輕的、都市的，同時在寫作方法上，她用俏皮引人的題目，輕而短的分段，片段式的組合跳接，經營出一種很荒疏冷淡散漫的氣氛，偶爾，並且帶著一點神秘般的浪漫（例如「仙蒂瑞拉與貓」）。就文體而言，她的這種寫法並非獨創，在過去許多優秀小說家的作品中，我們都見到過，但葉姿麟剛出手就粗具了風格的雛型，就很不容易了，她沒有把文字只充當通俗曉暢的表情敍事之用。而就內涵來說，也許是剛脫離校園的關係吧！那時候我曾經想過，一批剛從校園圍牆冒出來的年輕寫手，都不免在開始探觸現實社會之後，卻又留戀的流露出幾分瑟縮、幾分挫折，以及幾分天眞的勇猛，這種情懷在葉姿麟的第一本小說集中也淸晰可見，有一篇「消逝的六五與七五之間」，結局便是「明天記得先把書寄給離島的路，順便告訴他換住址——回屏東去吃木瓜了。」那種對現實社會青澀的抗拒，成爲我對許多剛萌芽、包括葉姿麟在內的年輕小說家的普遍印象。

儘管如此，但我同時也相信，葉姿麟很快就能掙脫掉這種青澀，那時候，我們在生活上沒有很多接近的機會，我會這麼相信，實在是因爲她的作品，但究竟是因爲作品裡的什麼質素，好像我又無法理析得很清楚了，我想是憑著一種直觀式的感受吧！我感受到她的作品裡有作者冷靜的性格流露出來。

果然，我最近讀到她的幾篇作品，又給了我很大的驚訝了，她果然是「意見性」很强的小說家，雖不見逼人的批判，但理路清晰，已經不肯自囿於閒愁了。

葉姿麟是台大動物系畢業的，幾個月以前，她在醫院裡擔任研究助理，有一段時間，她纖弱嬌小的身影經常旁配一只超大號的皮包，她告訴我，皮包裡面放著試管，她竟然揹著一管一管的鮮紅血液，行走在熙攘的台北街頭。因爲這段較爲特殊的學經歷，我時常聽到有人說「那個當護士的小說家」，這是被無意的曲解了，她不是護士，只是一個白天待在實驗室裡，晚上伏案寫小說的女孩。

不過，奇怪的是，經常我們碰面聊天，「從生物性來看人類行爲」這個觀點，倒成爲我們樂此不疲的話題。有一次，在一個友朋的聚會裡，座中好像有人對現代女性還在爲悅己者容，很不以爲然，但我和葉姿麟只輕輕交換一個眼色，便什麼話也不用多說了，我們心中都很明白，又是日常的那些老論調，不過是兩性間極其自然，吸引異性的動物行爲罷了。生物界有太多太多這類的例子，人類也無所逃脫。

但是，在葉姿麟的小說裡，幾乎看不到以這樣的觀點寫成的作品。科學的訓練幫助了她掌握事理的邏輯能力，卻沒有默化她的生活哲學。

我想，家庭和求學歷程，對她的寫作影響得更深吧！

葉姿麟是屏東人，父親過世了，母親是典型的上一代傳統婦女，嫁雞隨雞，很能安於婚姻現狀，並且，也用這樣的價值標準來教養子女。加上來自父母親雙方所構成的家族勢力，使得她從小就在家庭的要求下，成爲一個考英文差四分滿分，便要坐在課堂上哀哀哭泣的乖寶寶。後來，她到台北唸高中，是不是因爲脫離了市鎮的桎梏，而使得當時她稚嫩的心靈產生巨大的疑惑，這一點我不敢肯定，但後來她休學了，而且一休兩年，那兩年，據說她身邊的親人都以爲她「完蛋」了。她是在家人失望的眼光中再度站起來的。

接著唸大學，在那個莘莘學子擠破頭方擠進去的第一學府裡，來來往往的好學生，尤其是女生，她們在追求什麼樣的未來呢?葉姿麟曾告訴我一個驚人的數字比例，她說在她們的那個系裡，有百分之七十的女同學，大學畢業後，最大的願望只是爲了嫁一個醫生世家的好丈夫，即連出國唸書，也附帶著這樣的目的。敏銳、自主性極强的葉姿麟，不願如此浪費人生，是可想而知的了。可喜的是，她終於選擇了寫小說，小說讓她有勇氣向那些她所習知的價值觀挑戰。

在葉姿麟的小說裡，性別意識是很濃的，我這樣說，不是特指她擅寫女性、或男性，而是說，她會選用一個性別的角度去分析。譬如她會先給自己提問題：做爲一個現代女性，要怎樣方能擺脫被人安排的命運，活得更理直氣壯？或者，做爲一個男性，用什麼樣的心態和標準，去決定一生一世的婚姻？然後，她再用小說爲這些問題作取樣式的解答。在「都市的雲」短篇小說集裡面，反覆出現的，無非就是學業與婚姻，這兩個在她的家庭成長和求學歷程中，一直擾亂她人生觀的課題。

藉著年輕男女的情愛世界，葉姿麟反省著：傳統規範給了我們眞正的幸福嗎？現行的教育教給我們人生的眞正意涵嗎？誠懇的小說家都不會甘於社會僵化的體制，使得人們忘卻了人是什麼，葉姿麟沒有例外。

做爲剛起步的文學新手，面對傳播媒體我們都難免會有難以調適的尷尬和矛盾，在這篇很容易流於酬酢的文章裡，我以「誠懇熱情，有待磨礪」，來期許我的朋友。同時，也希望我主觀的認識，尚能盡到不失忠實的描述之責，使讀者越發親近她，從而在閱讀小說時，與作者的情感、思維能夠更貼合。

——七十七年九月，文訊第三十五期

〈葉姿麟作品〉

廢墟

他們之間有兩條弦，
一條因著一種特質，
共同的生命型式，
一條，因著美……

他從水裡上來，我們瞧著他，一會兒，他慢慢朝我們走來，在月光下，身上的水反射出流離的銀光。

我們一直都坐著，把睡袋鋪在沙上，一邊喝易開罐可樂，一邊抽菸。

他走來，我們只是望著他，不動。

那個時候照理說應該有點警戒，後來我對夏敍述，那是深夜，在一處空曠的海灘，一個陌生男子筆直朝你們走來。

可是他不會給人戒備的，夏吐了一口煙：「我是說，有一種人，善意很自然就流洩出來。」

是的，我們從台北來。

我對他點頭，回答他的詢問，阿莫請他坐，他把肩上披著的毛巾攤在沙上，很乾淨和我們坐在星空下。

阿莫遞菸給他，他拒絕了，他說：我不抽菸。阿莫噢了一聲，自己又點起一枝菸，風老是撲來，他靠近阿莫把手圍成半圓，當做屏風，阿莫把菸點燃了，跟他說：謝了。他聳個肩，接過我遞給他的可樂。

那不是慇懃，不是禮貌，或社交，紳士之類的，那是……我思索一個適當的形容詞，夏說：「是細膩，很溫柔。」

「才開學，山上的風已經很高了，」夏繼續說下去，「迎新之夜在活動中心後面那片山坡上，面對整個台北市，一個盆地的燈火在眼底閃爍，像是一個夢，我轉身就看到路走過來，漸漸走近了，身影逐漸在我眼底清晰起來，成爲一個集中的焦點，彷彿一個夢已經從那一刻延展開來，無限擴大。」

滿天的星斗，阿莫望著天空喃喃說：怎麼今晚又有月亮又有星星？他隨著抬頭望，雙手抱著脖子，久久仰望天空，阿莫於是問：你從那裡來？

他往上指，我和阿莫對望一眼。

有很長一段時間我以爲我是從遙遠的某一個星球迷失在你們人間的。

阿莫朝他微笑：星星王子！

他垂下頭，在沙上畫著，好一會兒，說：我剛從紐約回來。

阿莫倒不喜歡紐約，他覺得那裡的肚皮舞孃比不上我們的電子琴花車的。我對夏講。

「可是舞孃送給他的襪帶倒蠻好，織花鑲黑色鏤空蕾絲？」夏問：「妳沒看過？」

那麼，阿莫拿所有的戰績來向妳誇示⁉

「許多不同的女人送給他許多不同的紀念物，」夏微微一哂，「愛之無限紀念。」

你喜歡嗎？阿莫問他。

他把可樂搗在脖子上，微低頭，半天發出聲音來：一個無限的城市。

無限要怎麼解釋？阿莫把菸灰彈在沙上，問他。

永恆嗎？我試問。

不是。他的可樂搗到臉頰上來，仰著頭，定定望著天空；不是，他說：你們知道嗎？我們居住的太陽系只是宇宙邊邊的一個星系，宇宙之大不能以大形容，它只是無限，無限。他說完，望著我們。

阿莫想想；紐約很大？

不是大，他說：它包含一切，世上一切。

「狂喜、痛苦、歡樂、悲傷、富裕、貧窮、高貴、墮落……，一切，幾年前我就已經知道，路告訴我，這個世界同時存在這一切。」

阿莫以爲的呢？我問夏，大笑起來，在看見的當時已經結束，所有高興悲哀濃縮於一點，隨之消失……阿莫以爲一切歸之於瞬間。

夏只是淡淡一笑，「阿莫以爲紐約是更有趣的，他的英語那麼破，不識路，出門隨身帶一只紅筆沿街的垃圾筒上打記號，返程沿路找回去。」

一如阿里巴巴！

月亮漸漸隱去了，在雲之下。

他忽然站起來，走回海裡去。

阿莫緊緊盯著他，追隨著他的身體，他眞好看是不是？阿莫頭也不回的問我。

是，我遙望星空下海裡的王子，因爲星光反射而微透著綠光的海水載浮著他的身體，那便彷如被巨大寶石埋藏著的一副軀體，不朽之軀！

你會迷戀一個男人的身體嗎？我問阿莫。

會的，阿莫回答，抱頭思想，半晌，他說：本來不是的，後來，懂了。

她把你教會了？阿莫不語。那麼，我繼續詢問，女人呢？

單純女人的身體？阿莫反問。

我點頭。

很難，阿莫站起來，遙望漸去漸遠的男人。

我對女人，總當由精神開始，阿莫回頭看著我，說：通常都是如此。

夏彎起嘴角笑了。

我問夏，妳沒有咖啡嗎？

「我來煮。」夏走進廚房去，我從門口望著她的身體移動，我說，夏妳的腿眞是好看。

「妳沒留意阿莫嗎？」夏從裡面朝我說話，「阿莫的腿才是眞好看的。」

我繞到她身後來，我說：百看不厭？

夏羞澀的笑了。

咖啡在意大利壺裡滾煮開來，夏怔怔盯著起泡的咖啡，很久，她說：「路是最好的，路的身體是米開蘭基羅的大衛化爲肉身，栩栩復活。」

水珠從他的肌膚滾落下來，他站在我面前擦拭身體，距離這麼近，微光中我看見他緻密如緞的皮膚閃著青色的光芒，他忽然看見我，對我笑笑，我問他：你幾時開始知道自己很好看？

他略微詫異的咧嘴望我，然後他說：可是我是空的。他忽然跪倒在沙上，俯望自己：這一個身體沒有意義，沒有東西進來，一直很空很空，我等著某樣東西進來，很久了，一直沒有，一直在等待中。

我回到廚房外面，席地而坐，這是山的最高處，陽台眺望出去，在夜間，臨眼滿地如星的燈火。

夏走向我，把咖啡遞給我；盤坐在我對面。

我啜飲一口，夏問，「好吧？」我點頭。

她說，「這是路最愛的。」

我微笑，妳留著他的許多最愛⁉

「那年路三年級，已經畫出令人驚歎的作品，」夏說，「晚上他在兩點結束工作跑來敲我的門，我們到坡地上仰躺在草地上看星星，夜裡，他覺得深刻的鄉愁。」

於是妳一直居山，在距離他的家鄉最近的地方⁉

阿莫丟了一個眼色給我，我即刻明白，走上前去輕輕牽挽他，把他拉到我們身邊坐下。阿莫從背包裡找出兩罐啤酒，一罐開給他，一罐給自己。

先有一刻，他把臉埋在膝腿之間，後來，慢慢的灌一口酒，又一口，然後，他抬頭朝我們笑笑，嘴角彎起來，很羞澀，一個孩子哭過之後，洩了怨，心滿意足那神情。

月亮已經完全隱去了，但是在黑夜裡待了一段時間，藉著微微一點星光也可以把對方看的很清楚。

我望望阿莫，他仍然迎著風抽菸，煙霧朝他的臉上散去，大部分時候，他的臉漫在霧裡，很模糊。

而他，孩子似的他清明的在微光裡。

「我最早的記憶是在那片山坡上，坐在露水裡細細看著星光下的路，」夏說：「路常常閉著眼，躺在那裡，我問，你不看看我？他說不行，我怕看著我的星球，我想家，會哭。」

我大笑起來，但夏靜靜的，略憂鬱的端起咖啡啜飲，我止住笑。他常哭嗎？我問。

「有時，莫名的飮泣，」夏淡淡微笑，「很像一個孩子，說不出理由，只是覺得不快樂、不舒服。」

阿莫當然是不哭泣的，如一個沒有眼淚的男人。

「他有很悶的時候。」

是的，很沉默，一直沉默的阿莫。我把杯底的咖啡喝完，妳的咖啡眞是香，我對夏說，路這麼說的嚒？

「沒有，路不曾讚美——但阿莫，尋常……」

阿莫常常不吝讚美，做爲夏的情人，他的確給予夏近三十年生命中最溫柔的情緒。我與阿莫的旅行也就爲了夏與之近十個月的戀情，起初是緩慢的，帶著青春的遊戲氣味，漸漸如眞似幻，而至阿莫開始苦惱了。

可是我仍不知道我扮演什麼？旅行之前夕，阿莫找我談，深刻詢問。

此刻我迷惘的瞅視阿莫，和他——一個忽然來到我們之間，流落人世的王子。

阿莫把啤酒擧向他，他亦升起啤酒鋁罐，之後，兩人大口大口飮著酒，沒有間斷。

忽然的，阿莫問，你是⁉他盯著阿莫，有一瞬間，充滿迷惘，後來，他懂了，疲憊的眼睛閃亮起來，很亮，一如北方最亮的那顆星。

他微頷首，用一個表情詢問阿莫。

阿莫一笑，點頭。

「他就懂了？」夏說著，微微一笑，吐了一口煙。

因爲見他哭泣，阿莫便明白了。我說，於他們之間的有兩條弦，一條因著一種特質，共同的生命型式，一條，也許……，我瞅著夏，對她說，因著絕美。

「三年後我才知道路不能愛女人，」夏淡淡的陳述，「故事很遙遠了，十年前，那年他要畢業，我不知道怎麼辦？從此我有被遺落在山上的強烈孤寂，但他說，妳與我下山又如何呢？他不能愛我，十五歲他就知道。」夏的眼淚慢慢的滑落下來，她抬起手背抹拭，「有很長的時間我覺得生活在冬天裡，極度的寒冷從骨髓處昇起，我怕我會很寂寞，寂寞像虫一樣慢慢滑入我的身體裡，這麼多年來我愛著一個完美的雕像，他是大衞，立在歐洲美學的光影裡，永遠存在，永遠不能復生。」

永遠不能對一個相對的肉體反射。

紐約，回憶很多嗎？阿莫問他。

尋找，只是尋找，沒有……，他想著，聳個肩，忽然朝我們一笑，沒有美麗的回憶。

更早的回憶呢？我問。

愛嗎？

我說，對。

曾經，是一個女孩，他遠遠眺望黑暗的海，像清晨的花那樣純粹、絕美，用最純潔的心愛著……

戀著你的美色？阿莫忽然開口。

一直，他依舊望海，她素描，不要課上的石膏，在屋子裡畫裸身的我，很久，很久，一整個冬天，最後那個晚上，畫作完成之後，她解開衣物，裸身走來……

他忽然盯著阿莫，專注回憶，我們相擁至天亮，她一直囈語，她戀我，至死。

阿莫忽然站起來，往海的方向奔跑。

「第一眼見到阿莫，我的呼吸即刻的急促起來，」夏深深的吸菸，「他的線條、身長比例那麼完美，我就想動筆再畫，畫他。」

但是阿莫是從來不知道自己身體的。我朝夏一笑，走進廚房再倒了一杯咖啡，夏仍踞坐在那裡，如一隻貓，臨望一城如星的燈花。

我喚，夏妳還要咖啡嗎？

「不要，謝謝。」夏微弱的答應。

路通常徹夜作畫，喝咖啡？出來，我問，我立在陽台上俯望台北夜色，抬頭唯見中天一顆閃爍的微星，我抓著欄杆，緊緊的，夜裡的山風吹得我心煩。

我再問，路喝很多的咖啡？阿莫亦是。

「對，阿莫是，許許多多的女人把他寵得那樣挑，寵壞了，但他仍說我的咖啡好，他心知我的憂愁。」

很深的哀愁，從路消失以後。

阿莫！我向海呼喚，沒有聲音，人影一直遠去，沿著海浪奔跑。

他愛水裡？他問。

不，我搖頭，我們只是必須離開台北，找一個僻靜的地方想想，想清楚。

他有事？

是的，想理清，他愛她，而她一直戀著一個男人——十年！忽然，我抬頭看他，又眺望遠處阿莫，我再看他。

他仃伶伶站起來，望著我，顫抖起來。

我問，你往紐約去？

他說，是的，我到紐約去，我消失，跑掉，一直奔跑……聲音飄散在風裡。

你畫了阿莫？

「沒有——有的，」夏的聲音從身後傳來，很微弱，「我畫了，然不是我要的……」

不似路，路的身體？

「路的裸身絕美，但阿莫不是——是的，他是，只我不能夠，我見到阿莫裸身，唯我不能畫女人裸身。」

妳不能愛，是的，我轉身面夏，那一夜之後路消失，妳於是尋覓十年，十年的等待，戀著絕美的身軀，摸索那樣絕美的愛，路愛著絕對的自己，妳摸索十年，以爲藉由與阿莫的愛可以了解屬於路的，那種絕對之愛。

阿莫！

我呼叫，開始奔跑起來，而當我向海靠近，回頭，見他亭亭立於原處，如一尊亙久的雕塑，緻密的肌膚仍反映星星的微光。

消失，再復出現，如希臘神祇立於天涯洪荒廢墟裡。

夏忽然迸出一聲咽泣，「阿莫不再回來了？」

他不能只做爲一個替代品，學習愛的器皿。

「可是……不是了……」

妳讓他從身體開始，了解了對自己的愛，他趨向更純粹。

「原先，他說因爲我的懂得，懂得美，他知道怎麼愛我。」

但是，夏，他從妳學到了更愛自己，見到了路，他彷如見到自己的投影，完美的，絕對精確的自己，再也沒有可進去的了。

夏綿長的哭地起來。

我疲憊的坐下。

把他做爲另一個人去愛，告訴他、教他，他漸漸轉化成爲那一個人，夏，我說，捨去吧，藉由摸索妳的心靈，他摸索到了自己的——唯捨！

「路呢？」

一樣的孤獨，只是自我的個體，路、阿莫，以及妳。

那夜，在海邊，我一個人疲憊的睡下，阿莫在遠處的那一頭，而路，慢慢朝他走去，白色的浪一波又一波，湧來，又退去，兩人立在海潮的邊緣，在白浪之中，如廢墟之初始。

民國五十二年生，台灣南投人。師大家政教育系畢業，現就讀師大家政教育研究所。著有小說集「移站」。

詹美涓

你懷疑她叫詹美涓嗎？

◉羅位育

有一名女生是叫詹美涓。

民國七十五年暑假，她告訴自己要開始寫小說了。後來後來後來也很久了，她後來暗示我——原來人可以從寫小說中發現一些自己的壞處，那種感覺哪！就像發現新大陸一般。

她大多採用本名發表小說，心情特殊時才選個筆名玩玩。譬如，她的極短篇小說出現衆人耳目之時，她大多讓編輯了解她叫歐陽。但她叉腰吵架時叫詹美涓（如果有架可吵），甚至一人遁入自身的小床褥上發呆時也叫詹美涓。（當然，她發呆時可以發到睡著了）。

詹美涓說：「我已經花了許多精神移站。」

移站的意思似乎是有些不太明白此刻身站何處？又，能站多久？根本說來是懷疑心的緣由，對自己的感覺懷疑。那她是否懷疑自己是否詹美涓？或者她懷疑自己是否可以懷疑。（也許，這是歷史學家或者考古學家的事情。）

民國七十五年耕莘暑期寫作班戲劇組學生詹美涓輕鬆拿到耕莘文學獎小說第一名。在投稿之前，她告訴我要寫篇宿舍之貓，我說：「學妹，女生宿舍這麼有趣嗎？」

那隻貓很隨便地闖入女生宿舍之中，爪子揮一揮就攔了一塊地為生。這貓既不按規矩辦個通行證也毋須受到護照的羈絆。誰都相信這貓另有用意，許多宿舍人的心事因此暴露。

我很仔細小心地讀了那篇小說，因為我對女生宿舍能夠發生的意外總有一些外行人的好奇。讀了之後，我發現那隻貓雖然什麼都看在眼裡，但什麼都不甚相信的神氣。就好像給牠一條魚吃，牠有可能只關心魚鱗生長的方向。就是這樣子。到最後，這隻宿舍貓反而無關於小說題目——宿舍之貓了。

她並未把這篇小說收入集子之中。據她無奈的表示，這篇水準不甚令她歡心。依我的意見，她是怕出賣了自己性格中的一些什麼吧！也許是貓對待感情的方式，嘿！我在說什麼？多嘴。

看完了小說，我和她握手成了朋友（屬於某一種貓性格的嗎？吸，當然不），是朋友就好說話了。

只要是她的朋友都知道，心理學一直是她的鍾愛。每當她和我談及有關心理情境的話題時，我總恍惚覺得這女生恐怕連頭髮生長方向都要研究出心理學問的，我絕非語出玩笑或是嘲弄，而是常見她埋首於心理書籍之中，或是積極參加各種心理團體的活動，也許我就此產生了那般錯覺。我也常驚訝這位朋友說話的言外之音、作事的言外之意，此外頻繁的言外思考和表現方式，恰可以說明詹美涓非常重視這世界的，她不願對這世界走馬看花。

我的想法是——她希望這個世界眞正走入她的小說，但同時也是她心理的一部分吧！

其實哪！她也是貪愛世間人情的，願意好好吃喝，習慣懶覺，願意過個好日子，可以賺錢就賺，甚至大笑從不掩口。她會注意別人眼中的她是否美麗，看到俊男也會小鹿亂撞。只是，屬於詹美涓這名字的特質是——她可能才微笑著說那麼一點話，卻又不知不覺中陷入一種莫名的情緒當中，很像邊走人流沙之中還邊考慮晚上要吃什麼的神態。

所以，她需要不斷移站。

詹美涓說：「我寫東西是因爲心頭少了點什麼？」

難怪她的作品給人不安份的感覺，是那種明知好話卻讓人心生危險的情緒。也似乎小說表現了找出什麼卻又丟掉什麼的氣質。

例如：

「陽光畫室」要找「門後的什麼」卻丟掉了「時間」。

「移站」是找尋「某一種眼光」卻扔掉「挫敗的情感」。

「隔壁有人」彷彿在找「會吃掉秘密是非有如吃掉生日蛋糕的耗子」因而丟了「人」。

因爲內容是不安的，所以她寫東西的速度不求快，但是，這人對自己的作品翻臉卻快如音速，幾乎沒有什麼商量餘地。因爲她很認眞看待小說這一回事。好在雖然她也認眞交友，但因人事不同，她是難得對朋友翻臉（如果她已認定是朋友）。她會讓朋友明白不安可是她心理的某一處細胞。（對別人的細胞是不好非難的。）

承她念及友情送了「移站」這書給我，那麼，也不免俗地應觀衆要求簽上作者大名並留言紀念。（這是作者防止轉送或轉售的一廂情願）。

她寫：虛構現實以抵抗現實的虛構。

寫歸寫，我見她仍好好生活在現實的虛構之中。

值得讚許的是，這人裝學問的口袋似乎很多，愛買書看電影聽音樂參加劇團……等。她雖然想辦法到處找學問，微妙的是，其實她很挑剔，就好像如果並非出自本心的關懷，縱然一早見到陽光使心情愉悅，我看她會在夢中設法阻止陽光現身，這和她認爲「小說是看見不同的自己」的心意相通，對她而言，學問也是幫她看見不同的自己，否則，就算了。

當然，那有如此簡單就看得到？所以，她一直是心意不定的詹美涓，連作品也不免。

詹美涓因此說：「怎麼辦，我常會掉進自己作品的低潮之中，而且越來越低。我很想寫一些輕鬆的來救一下，但是，一出發……」

我說：「妳自己不想爬起來的。既然沉，就沉得徹底一些吧！」

如果，我打電話對她說：「喂！我已寫好了有關你的二三事了，但妳是否又把某些性格移站？」

其實，問的人何苦。

「陽光畫室」第一百三十五頁，詹美涓要求敍述者說：「沒有人理我，我獨自畫到天色全暗才離開。」

——七十九年十二月，文訊六十二期

〈詹美涓作品〉

無數天使

高亢的女聲迴繞整個密閉的房間，
撼動我全身的毛孔，
而我躲進無聲的觀察裡，
看著眼光飛出窗外的少年犯——

耶誕前三天中午，我和李安琪正式「終止邦交」，她當著全班的面說我「莫名其妙，不可理喻」，每次吵輸架她總是這麼說，我才不在乎，我在乎的是她居然問也不問，就把我送給她的橘子轉送給仁班的Q，又像是對我示威，馬上和Q有說有笑黏在一起，我猜她是擺明了不在乎我。終止邦交就終止邦交吧，這一回如果她不先道歉，我永遠也不理她。

「她會把我們的秘密告訴Q嗎？」在整個校園充滿異國情調的節慶氛圍裡，我惟一關心的只是如此。Q是出名的廣播電台，安琪不會不知道吧？修女們忙著裝點禮堂，節目彩排、聖詩演練一一在時間表上絲毫無誤地進行，每一個時刻都標示我應該在哪裡、做某件事。爲了這場平安盛會，我們已準備了兩個星期也期待了兩個星期，但是，天哪！安琪會告訴Q所有的秘密嗎？

合唱是耶誕晚會的重頭戲，平安夜前一天，我們所有合唱團員都獲准公假全天練習，比參加比賽還認眞。表演曲裡有一首四部合唱的「聖城」，我們已經練了兩個月，歌詞又多又難記，什麼「白天不需陽光」「和散拿、人之王」，似乎有劇情又像電影一樣不斷跳接，偶而唱著唱著，我會忘記下一段詞。一整天吊著嗓子，休息時每個人都很安靜，只有李安琪還嘰嘰喳喳又笑又鬧。老師提醒我們注意臉部表情：「特別是李安琪，獨唱的那一段，所有的觀衆都看著你，不要只是笑，每一句詞都要有不同的表現。」老師早該知道李安琪不適合唱那一段，整個高音部我的共鳴發音最亮，否則前排的林純慧不會抱怨「耳膜快震破了」，而且你知道，李安琪連翹舌音都發不準。

不知道爲什麼，我忘詞的次數愈來愈多。

前往少年監獄和老人安養院報佳音的行程如期進行，那是平安夜前的下午，我的心情和天氣一樣糟，寒流急著想把冰封的北方吹到亞熱帶，可惜這裡最多下下雨，滿街泥漉漉的耶誕，距離銀色很遠很遠。

少年監獄無疑是既遙遠又神秘，幫忙把舊衣和食物裝上校車時，我開始在腦中勾勒片段的影像，比方高得像山的圍牆、鐵籠子、手鐐腳銬、穿著囚衣的少年犯面露凶光狠狠瞪著整個世界、荒涼冰冷的院子、水泥和銹鐵柵的建築……愈想我愈不安起來，雨天的空氣凍得我手指發麻，唱歌一定會發抖走音，爲什麼我要好奇多事來參加報佳音？都怪李安琪，是她一定要我報名的，臨陣後悔已經來不及了。

車在時斷時續的雨中啓程，整車的女孩子興奮地高聲交談，我一一認出這些校園裏平日倍受注目的「明星」，拉小提琴的鐘明玲和黃宜娟邊聊天邊在顛簸的車上調弦，那聲音比鋸木頭高明不到那裡，坐最後一排高瘦的女生是吹長笛的陳苓，她喃喃地大約還在背單字吧？拉著修女聊天的是國樂團裡南胡和梆笛手，其餘則是合唱團派出來的九個人。這是所有成員第一次聚在一起，下車後就要上場表演，發到手裡的節目單和詩歌樂譜還是溫的。修女點過名後宣佈節目次序，提琴合奏「平安夜」開場，詩歌演唱壓軸，多數人低頭翻譜。

曲目全數簡單、熟悉而應景，節目單看來像一份雜燴，熱熱鬧鬧把充塞整個教會中學的耶誕氣息分切裝盤，當成一件耶誕禮送出去。我彷彿覺得頭上頂著光圈，這光圈稍稍安撫了我的不安。

李安琪一路大聲刺耳的說笑，奇怪沒有人阻止她的呱噪？隱約我聽到「火雞大餐」或「通宵舞會」之類，誰在乎呢？她的一切已和我不相干，從前自己竟然將她當成推心置腹的朋友，和她分享我所有的秘密，甚至包括鄰校男生寄來的情詩，我想自己多少有些愚蠢，居然沒有看清她原來喜歡吹噓炫耀愛出鋒頭，並不珍視友誼也不關心別人的看法。或者，我是個沒有價值的朋友吧？車窗外冷雨時緩時疾，街道上行人稀落，車像一尾魚在雨河裡喘息前行，幾乎要窒息般困難地掙扎。

等我喘過氣來，一行人已在少年監獄的接待室枯坐了半個小時，透明潔淨的玻璃窗外，雨落在短而茂密的草皮、修剪規整的黃金榕以及肅白拘謹的建築間，空氣裏滿是濕冷低壓。我們披上白袍，拿著蠟燭抱著譜夾，膝蓋並攏地挨坐一起，沒有人說話。

鍾明玲仍舊鋸木頭般不停試弦音，她一臉狐疑地打量提琴的每個細節，黃宜娟則重複拉著同一音階，極有耐心地配合，不和諧的琴音抽緊了每個人的神經。

「要不要合一遍？等一下是清唱，沒有伴奏的。」李安琪把她「合唱團團長」的角色也帶來了。「不必吧？你起音，我們跟得上的。」有人說。修女突然走進來對我們招手，上場咯！我低頭看見白袍上一塊洗不掉的黃漬，糟糕，遠看不知道看不看得出來？

提琴略帶鼻音的傷感音色緩緩在充做表演場的活動室漾開。站在門後望進去，我驚訝地發現觀衆居然只有三十多人，這樣規模的少年監獄，只收容三十多人？他們清一色理光頭穿制服，表情木然腰桿挺直地端坐在排列得十分整齊的折疊鐵椅上。我立刻明白他們是挑選過的「代表」，「那麼，其他人呢？戴手鐐腳銬的那些人藏在哪裡？他們沒有耶誕節嗎？」我回頭向長而深的走廊望去，沒有人經過。

琴音敍述平和安詳的古老傳說，聆聽琴韻的臉孔看來十分年輕，也許，和我們差不多吧？但又是說不出來的特異，精光的頭皮在冷空氣裡實在突兀，一致平板的表情使人緊張。我想起合唱老師教我們「把台下觀衆當成木頭人」以克服緊張怯場，這個方法可能有問題。

也許因爲站得太久，膝蓋開始發緊。

節目順著擬定的流程進行，掌聲響亮而有節制，像約定似的起落。表演者輪番上場，我發現每個人神情都很嚴肅，這可不像他們平日的表現。修女皺著眉東叮嚀西叮嚀，比平常還囉嗦。

終於輪到詩歌演唱，走進表演場，我立即變得冷靜又清醒，站定後掃視座上每一雙眼睛，一面提醒自己要微笑。

手握蠟燭昇起暖暖的油騷味，「天使的表情該是什麼樣？」我想起拉斐爾畫中的聖母和聖子，確實平靜寧和而聖潔，但是對一個十四歲的女生而言，那樣的表情顯然不很容易。我又想起校園裡的大理石雕像，那個天使幾乎沒有表情，至少我看不出來。可能天使應該聖潔端莊，我的微笑慢慢收斂。

無數天使空際臨，忽聞異韻不停吟，山鳴……。

唱著唱著，我注意到左前方第一排角落那個少年突然把眼神移開，他和其餘三十幾名觀眾同樣上身挺直，面朝前方，但是眼睛悄悄脫離了集體一致的方向，順著他眼光的方向望過去，是窗外霪雨難歇的天空，天空下則是郊區收割後的稻田吧？更遠一些，是深灰綠的山塊。我繼續觀察他，一張平凡的臉，極容易消失在制服堆裡的那種，眼睛卻出奇的亮，眉上的刀疤使他的表情顯得憤怒而哀傷。我愈唱愈小聲，終於只是象徵性地依節拍張嘴，高亢的女聲迴繞整個密閉的房間，撼動我全身的毛孔，而我躲進無聲的觀察裡，看著眼光飛出窗外的少年犯，一曲結束仍回不過神來。

普天下大欣慶，萬民大眾歡騰……李安琪領唱第二首，我猜她在瞪我或是皺眉，我決定專心扮好天使的角色，然而少年飛出的眼神終於沒有回來。

表演結束，儀式性的致贈禦寒衣物和橘子，領受紀念旗和掌聲，沉默的觀衆雙手放在膝前，沒有人感動落淚，濕冷的空氣像是凝固了一切。離開前我特意再看那少年一眼，他兩眼血絲咬著下唇，心不在焉地想什麼，我很想喊他，或是對他笑一笑，也就是想想罷了。

「嗨！鍾明玲，好精彩啊！兩個人就像一個人拉一樣嘛！」回程的車上充滿了笑聲，我聽見鍾明玲滿不在乎的回答：「啊！你們看出來了？我的弦有有問題，老調不準，只好裝裝樣子，很好笑對不對？」裝樣子？鍾明玲濫竽充數？「像只有一個人演奏一樣！」大家笑得更厲害了。我心虛地看看安琪，她笑得眼淚都流出來啦！

陳苓根本忘了帶譜，在一個樂段裡重複了三次草草結束，她繼續背單字，不理會別人的笑聲。「今天好緊張，李安琪起音太高，唱到後面大家全在殺雞！」寶芬指著安琪，安琪邊笑邊回她，吱吱唔唔誰也沒聽懂。

雨悄悄停了，午后的公路上，車來車往輾過積泥水的小坑，從少年監獄回程，我們應該橫切市區，到本城另一隅邊陲的老人安養院作下一場演出，車到中途，天忽然加暗許多，車流速度極慢，領隊修女臨時取消了第二站的行程，兩大箱橘子繞了一圈又載回學校。

午夜過後，橘子出現在燭火熒亮的餐廳長桌上，白色斜紋的桌巾上堆滿油綠的橘子，熱麥粥的香甜白煙四漫，才藝競賽晚會仍餘波迴盪，子夜彌撒直入雲宵的詩歌猶在高聳的屋頂盤旋，點心之後，徹夜慶祝的化妝舞會即將啓幕。彷佛夢遊了大半夜突然驚醒，不知身在何處，又似乎車速太快，來不及看清經過的景物，暈眩中始終恍惚。我一下子想到晚會表演的片段：五彩燈光、滑稽的劇情，緊張與榮耀……，一下子又覺得自己還陶醉在祭典氛圍的彌撒詩歌裡。

燭光、食物、雪白桌巾、桌前一張張泛紅圓潤的笑臉，距離如此近，又像與我完全不相干，有好一會兒，我發現自己哼著「綠袖子」哀婉的旋律，眞是無聊。李安琪和我絕交了，這就是我鬱悶的理由嗎？混雜心中許多隨時要爆發的情緒其實和李安琪沒有太多關係的。

熱麥粥冷卻後，粥面凝結一層微黃的粥皮。

橘子表皮冰涼柔軟，握在手心沉沉地，我抱著沉沉的一顆橘子遠離燭光和嘈雜的人聲，推開餐廳側門，走進午夜的校園。

像在深海裡漫遊吧？有時水是透明的，有時深得測不準上下左右，狗吠聲、音樂聲隨風傳來，空氣裡有不知名的清香，而我的腳底一下一下踩過熟悉又陌生的花圃小徑。

通宵舞會已經開始，白色禮堂明亮輝煌地突出在深海似的夜裡，圍牆外的竹叢和郊野也在狂歡？周身的夜很沉默，我走上升旗台，站上平日校長訓話的位置向沉默掃視，「全體——解散！」我用力吼著，聲音擠在喉間出不來，是誰招著我的頸子？

枕著手臂仰躺下來，順著光溜的旗杆往上望，幾顆星星出沒在雲層裡，十二月冷冽的空氣降著寒意，冰涼的磨石台抵著我的背，然而我淸楚地覺察身內的躁熱，焚燒的熱度不斷消失在深海一樣的夜裡，是的深海一樣的夜裡只有我躺在這裡，緊閉的禮堂大門傳出沸騰的人聲，我像雲層裡的星星一樣無動於衷。

一隻螢火蟲突然在樹叢裡閃了閃，我坐起來看它飛了小段距離，十二月裡螢火蟲是找不到同伴的，眞是隻奇怪的蟲。

李安琪和Q、黃宜娟、鍾明玲、陳苓，啊，甚至修女都在沸騰歡樂的禮堂裡跳舞唱歌吧？我是來這裡尋找冷淸嗎？這難道不是快樂聖誕？

白天裡看見的少年在想什麼？他的眼睛飛得很遠。他犯了什麼罪被關進那個冰冷的圍牆？

「喂！你們不過來炫耀幸福的滋味吧？」

「不是，我們來報佳音。」

「什麼佳音？自由的佳音嗎？哈！」

「來告訴你們，世界沒有忘掉你們，我們關心你們，祝福你們過節快樂！」

「是嗎？哈！」

氣溫愈來愈低，我想，永遠不會有人看到我在這裡，抱著一個橘子發呆。

螢火蟲不見了，那麼微弱的光夠不夠它自己取暖？星光俯視漆黑世界，我覺得自己快睡著了，繼續在風裡坐著也許會生病。走向宮殿般的禮堂時，沮喪和激動不停地交戰翻滾。

正是舞會的高潮開始，許多人的面具早已扯下丟在舞池裡，團體舞的隊型初初成型，大圈大圈的人手接連出一塊塊領域，有些人退下來抱手觀望，疲倦的臉容還是亢奮難抑。

平安夜即將過去，這些歡樂慶祝的人究竟在慶祝什麼？多數人像我一樣並不真的信仰或了解宗教，耶誕慶典儀式的舉行不過是正好我們上了一所教會中學。看來歡樂並不假，信徒教友慶賀遠古一名救世主的降生，他的愛成爲福音拯救了世人，其餘不信教的人呢？

「來呀！來跳舞！」修女發現我，遠遠地向我招手。「來跳兔子舞啊！」音樂改換，人羣一場紊亂，我加入長列的人籠裡成爲火車的一節車廂。「腳跟、腳尖、腳跟、腳尖，前跳後跳、向、前、跳。」有人在麥克風裏指揮全場，我雙手搭著陌生的肩，後面不知是誰也搭著我的，節奏和口令使我們行動一致，像一尾百足大蟲，在上過蠟的拼木地板上蜿蜒前進，踏過許多面具、與別隊人籠平行或相錯，繞過點心桌、流向舞台、經過幽暗的玻璃窗邊、避開散置的座椅，小心不踏別人的鞋也不讓別人踏，我們默契愈來愈好，接龍隊伍愈拖愈長，而笑聲也愈來愈一致。

簡單的曲調不斷重複，一種新秩序出現時，節奏開始加快，碰撞使得人籠終於潰散，我退下來，許多人停不住大笑和喘息。

新的舞曲很快響起，我看到安琪坐在門邊的椅子上沒有站起來的意圖。我走過去，掏出口袋的橘子給她，她似乎已經忘記「終止邦交宣言」，拿過橘子剝一半給我。

我們坐在牆邊看別人瘋狂地跳舞，吃著已經被我的體溫渥暖的橘子，天幾乎要亮了。

「安琪，你想，這種橘子老人會喜歡嗎？」

「老人家才不愛吃橘子，我奶奶就絕對不吃，她怕吃了尿床，你信不信？」安琪笑歪了。

我終於忍不住哭起來。

文訊叢刊⑰

深情與孤意

蔡秀女、朱天心、陳燁、梁寒衣
葉姿麟、詹美涓

編輯指導／封德屏
美術指導／劉　開
責任編輯／王燕玲・高惠琳
校　　對／孫小燕・黃淑貞
內頁完稿／詹淑美

發 行 人／蔣　震
出 版 者／文訊雜誌社
編 輯 部／臺北市復興南路一段127號三樓
電　　話／(02)7711171・7412364
傳　　眞／(02)7529186

總 經 銷／聯經出版事業公司
地　　址／臺北縣汐止鎮大同路一段367號三樓
電　　話／(02)6422629代表號
印　　刷／裕臺公司中華印刷廠
臺北縣新店市大坪林寶強路六號
電腦排版／浩瀚電腦排版股份有限公司
電　　話／(02)7771194
地　　址／台北市忠孝東路三段257號５Ｆ

定價140元(如有缺頁、破損、請寄回本社調換)
郵撥帳號第12106756號文訊雜誌社

中華民國八十年六月二十五日初版
行政院新聞局局版台誌字第6584號

値得您永久珍藏 文訊雜誌各期專題目錄

●回顧以往的「文訊」，可以說是用專題來向讀者證明它的抱負與胸襟，至少呈現兩個明顯的特性：第一，它企圖以一種歷史的眼光，運用學術的方法去綜攝過去中國人的文學表現，對象不只擺在台灣，同時及於大陸和海外的華人地區，皆能靈活有效的運用人力，以一個知識的大架構去彙整散佈各處的材料和意見；第二，它以寬容而客觀的態度去面對複雜紛陳的文學現象，不偏無私，探源溯流，提供許多可資討論的基礎。

●茲羅列各期專題目錄，歡迎購買、查詢。　服務專線(02)7412364

第一階段(1～12期，月刊)

①如何樹立嚴正的文藝批評	定價40元	(118頁)
②第八屆國家文藝獎作品評介專輯	定價40元	(138頁)
③如何使文藝紮根	定價50元	(174頁)
④光輝十月專輯	定價50元	(202頁)
⑤藝術乎色情乎	定價50元	(166頁)
⑥大陸傷痕文學專輯	定價50元	(302頁)
⑦⑧抗戰文學口述歷史專輯	定價150元	(534頁)
※⑨文學的再出發——民國三十九年至四十八年的文學回顧	定價50元	(428頁)
⑩戲劇的傳統與現代	定價50元	(164頁)
※⑪現代文學史料整理之探討	定價50元	(308頁)
※⑫現代詩學研討專號	定價50元	(308頁)

第二階段(13～33期，雙月出刊)

⑬六十年代文學專號	定價80元	(308頁)
⑭當代散文專號	定價80元	(380頁)
※⑮電影與文學專號	定價80元	(380頁)
⑯中文系新文藝教育的檢討	定價80元	(352頁)
⑰古典文學現代化，比較文學中國化	定價80元	(372頁)
※⑱傳統詩社的現況與發展	定價80元	(368頁)
⑲(沒有策劃專題)	定價80元	(376頁)
⑳香港文學特輯	定價80元	(408頁)
㉑報紙副刊特輯	定價80元	(404頁)
㉒報紙副刊特輯(續編)	定價100元	(365頁)
㉓文學選集的理論與實踐	定價100元	(365頁)
㉔菲律賓華文文學特輯	定價100元	(317頁)
㉕第二屆現代詩學研討會	定價100元	(325頁)
㉖通俗文學的省思	定價100元	(300頁)
㉗文學雜誌特輯	定價100元	(300頁)
㉘當代文學作家的藝術趣味	定價100元	(300頁)
㉙文學社團特輯	定價100元	(300頁)
㉚作家的第一本書	定價100元	(300頁)
㉛戲劇與文學	定價120元	(338頁)
㉜戲劇與文學(續編)	定價120元	(308頁)
㉝文學批評的理論與實踐	定價120元	(287頁)

第三階段(34～39期，雙月出刊)

㉞中國當代音樂	定價120元	(280頁)
㉟比翼雙飛——23對文學夫妻	定價120元	(268頁)
㊱短篇小說特輯	定價120元	(265頁)
㊲民俗與文學特輯	定價120元	(268頁)
㊳文學新人榜	定價120元	(298頁)
㊴詩人朱湘專輯	定價120元	(266頁)

有※記號表示缺書

購買十冊以內：6折計
購買十冊～二十冊：5折計
購買二十冊以上：4折計

如需掛號寄書，凡購單本另加掛號費10元 ● 十本以內酌收掛號費20元 ● 十～二十本收掛號費30元 ● 二十本以上收掛號費40元

文訊雜誌社
地址：台北市復興南路一段127號3樓
電話：(02)7711171・7412364
郵撥帳號：12106756文訊雜誌社

現書供應・定價160元・劃撥九折，每本144元

李登輝先生出身農家，
苦讀有成；
由學轉政，
轉化知識運用於實務，
功在台灣的農經及社會。
經國先生之後，
他領導全體國民，
走過八〇年代後期政治轉型的波濤。
以其學者的冷靜分析，
宗敎家的淑世熱情，
再加上中國農民勤奮、刻苦與耐勞之性格，
面對著一個巨大的現實挑戰，
他正在創造一個嶄新的歷史奇蹟。

信心・智慧與行動

李登輝先生的人格與風格

本書尋訪知他識他的多位關係人，
由作家和記者共同執筆，報導他的成長過程、
生活狀況、思想形態，
以及爲人處事的原則等等。
要認識李登輝先生的人格與風格，
不能不讀這一本「信心・智慧與行動」

訪談對象：李登輝小學同學及鄉親、「台北高等學校」同學、康乃爾大學師生、徐慶鐘、王益滔、王友釗、陳超塵、孫震、陳希煌、林太龍、陳新友、陳月娥、黃大洲、余玉賢、李振光、江清馩、余玉堂、何旣明、翁修恭、黃崑虎、張京育、李宗球、楊麗花、游國謙、楊三郎等。

團體訂購優惠價●10本以上85折每本136元●20本以上8折每本128元●50本以上7折每本112元

文訊雜誌社　地址：台北市復興南路一段127號3D　電話：(02)7711171・7412364　劃撥：12106756文訊雜誌社